ウーチャン ブルース

日向夏子
Natsuko Hyuga

Wuh-chan blues

文芸社

1

そろそろ帰ったほうがいいな。

そう思うだけで少しやりすぎた身体は云うことをきかなかった。

壁紙や瞼《まぶた》の裏を眺めるのにも飽きて周りのざわめきが遠のいてくると、決まってそんなふうに考える。

2年くらいそう考えている。

2年なんてあっという間だ。

LSDを2、3枚食べてる間にさっさと後ろへ流れてしまう。

こういうことをやっていると時間の経過に疎《うと》くなる。

「なんにも成長しないいんだから！」

たまに顔を合わせると母親は必ずそう云う。

でも2年間なんて僕に云わせてもらえばそんな暇が無いくらいあっという間の出来事だ。

そりゃあ1歳から3歳になったっていうんだったら目に見える著《いちじる》しい成長もあるだろう。

歩けなかったのが歩けるようになったり、
しゃべれないのがしゃべれるようになったり、
オムツが取れて自分でケツをふけるようになったり、さ。

そういう強烈な時代を見てる母親にしてみれば、おそらく僕は10歳の頃からなんにも成長していないように感じるんだろうと思う。

今日はこの部屋に十五、六人の人間が集まっているはずだった。

僕とカレンがここにやってきた時、部屋中に非合法な匂いと甘いお香とパープルヘイズが立ち込めて、床にはジミヘンのヴードゥーチャイルが這《は》い回り、パーティーはまだ始まったばかりで、やろうと思えば顔見知りをつかまえて軽いパーティートークだってできそうな、ちょうどそういう、室内と室外の差があまり明確になっていないタイミングの時だった。

ほんの少しスピードを入れただけの僕らはさっそくラブリーなタイニーペーパーを舌先にのせて壁にもたれかかり、もうすぐやってくるむずむず感を想像しながらめんどくさい会話なんて無しにして、つないだ手の力加減だけでお互いの気持ちを触《さわ》り合っていた。

カレンが煙草に火をつけたところまではなんとかだけど、それからさきはからきしまったく駄目になる。

どんなに目をこらしてもぐにゃぐにゃと曲がる極彩色の映像の中を乱舞しながら衝動的な爆笑にはまったり、理由もなくただわけもわからず怯《おび》えてみたり、感情の両極端を猛ダッシュでタッチダウンしながらふと気が逸れて、足を取られそうになりながらも体勢を整えて立ち止まってみたら隣のカレンがいなくなってて、吸った覚えの無いアルミ缶のにわかパイプを他の誰かのみたいに感じる左手で握っていた。

頭の中も視界同様に霞がかかってて、これっぽっちもはっきりしていないんだけど、それでもどうにかこうにかがんばって今やらなくちゃならないことを考えようと目玉の奥に力を入れてグッと踏ん張りをきかせてみたり、ガンジャの吸い残しが無いかを横目で確認してから感覚の無い腕で缶パイプを放り投げたりするんだけど、目玉の奥に集めたはずの集中力は一瞬でほどけてばらばらで、投げつけたつもりの缶パイプは掌《てのひら》から離れてころころ転がるだけだった。

僕は物心ついた時から常に居心地の悪さを感じている。どこにいても、何をしてても、誰といても、ひとりでいても、ここが自分のいるべき場所なのか、ってことが気になって仕方がない。

誰が管理しているのか、スピーカーから流れる低音のＢＧＭは途絶えることなく続き、さっきまでのファンカデリックは次のウェザーリポートへステージを譲《ゆず》っている。

ジャコの演奏するベースに乗ってラグマットを縁取るフリンジがうねうねのたうちながら僕に向かって前進する。

視界の隅《すみ》に官能的な気配を感じてゆっくり視線を移していくと、壁に映ったろうそくのゆらめきがひしゃげたポカリスエットのアルミ缶に反射しているだけのことだった。

さっきのフリンジ虫が肩から首に這い上がろうとしているらしく、不愉快な感触がいかれた脳味噌を刺激する。

ああ、本当にもう帰らなくちゃ。

カレンはどこに行ったんだ?

僕は力を振り絞って身体を起こし、カーテンから差し込む外の日差しを確認した。

外は明るい。もう太陽が出ている時間だ。

本当に帰らなくちゃ。


ふらふら立ち上がって台所へ行くと何人かの人間が頭を突き合わせ、一心不乱に何かを云い合っていた。

僕は冷蔵庫からボルヴィックを取り出して一口飲んでから、少し迷ってそれを持ち出すことにする。

床に転がったペプシの空き缶を威勢よく蹴飛ばしてしまったのに、さっきから話し込んでいる4人組の女の子たちはそれに気づく様子もなく、相変わらず深刻そうに頷《うなず》き合っている。

「ウエルカム　トゥ　バッド　トリップ」

僕は心の中でつぶやく。

佳郎が振り向いてニヤニヤしてるみたいだけどなんだかそれもはっきりしない。

まったく、世の中はっきりしなくてわかんないことだらけだ。

「あのさ、うーちゃん、やきそばたべたくないですか？」

やきそばたべたくないですか？

やきそばやきそばやきそばやきそばやきそばやきそばやきそばやきそばやきそばやきそばやきそばやきそば

たべたくないですか？

云われた言葉の反響が止まらなくて僕は大笑いする。始まりはあはは程度だったのが脳味噌に届いて起爆して、ははははははははははははははははははははははははははははははははっ、となって息継ぎをして、再びはははははははははははははははははははははははははははははははははっとなった後には息を吸い込みすぎて肺と背中がくっついて死にそうになるのに、それでも笑いは止まらなくて、しかし声を出す体力が無くなってしまったからひーひー云うだけのひきつれが涙といっしょにわき上がる。

「やきそばたべたくないですか？」

僕は懸命に笑うのをやめようと埃《ほこり》だらけの玉手箱を手元に引き寄せて、確か底のほうにしまったはずの理性を探そうと箱を盛大にひっくり返してみるんだけど、埃は見た目以上にひどくて再び激しくむせ返る。

発作的な笑いですっかり元気になった僕は勢いよく立ち上がると両方の掌で佳郎のじょりじょり坊主頭をこねくり回す。

「やきそばよりもう帰るよ、今日バイトなんだよね」

「あーーーーーっ、そうなんだ、ばいとかぁ。たいへんだぁ。がんばれきんろーせーねん」

まだまだぶっ飛び中の佳郎は僕を見上げると全部ひらがなでそう云った。

帰る前にカレンを見つけて挨拶して、もしかしたら一度くらいおっぱい触んなくちゃいけないことになるんだけど、でもちょっとそれはめんどくさい。

玄関に座ってバンズに足先を突っ込んでから、ちーがうちがう順番が違うぞ、カレンが先だ、挨拶だ、おっぱいだ、そしてそれはめんどくさくて時間が無くて自分はバイトに行くんだってことに気がついた。

「カレンカレンカレンカレンカレン、僕、帰るから、バイトだからさ、カレンカレンカレン」

アシッド切れ際のしんどさと、バンズを脱ぐのが億劫《おっくう》で、玄関に立ったまま騒いでいると、夢のように可愛い可愛いカレンがガムをくちゃくちゃやりながら滑《すべ》るようにやってきた。

「は〜〜い、うーちゃん、どおしたのぉ」

瞳孔が開いたカレンもやっぱりひらがな喋りだ。


何かっていうとセックスしたがるカレンと違って僕はわりと淡泊なのかどうなのか知らないけど、トリップしてる時はそっちをエンジョイしたいし、セックスの時はそれだけに熱中したいと思うたちなもんで、こういうテンションの時に、ねーねー、ねーねー、なんて欲情した眼で絡まれると、内心ちょっと、というより、相当どうでもよくなって、かなり引き気味になるんだけど、今日のカレンは特別欲情もしていないらしく、ただただ可愛くチャーミングにぶっ飛んでいるだけみたいで、あ、よかった。ハグだけで解放してくれるかな？なんて期待を僕に持たせてくれるような雰囲気だった。

「今日はもう帰るよ、バイトだし。風呂入んなきゃ」

欲情してないのは目元だけなのか、やたらくねくねしながら僕の首筋にかじりついてくるカレンの腕をゆっくりほどきながらキスして形のいいおっぱいを触ろうか、触るまいか考える。

「カレン、今夜バイトが終わったら電話するよ。お互い元気があったらそんときに」

潤《うる》んだ大粒の瞳で僕を凝視したまま、オーケー、とカレンはゆっくり答えた。

そして僕は表に出ると路駐のタイプスリーに乗り込んだ。

2

僕は来月23歳になる。

いい加減自宅を出て一人暮らしを始めたほうがいいのはわかっているんだけど、こんな生活を続けていると明るく楽しい一人暮らしは到底望めるわけがない。

親がいい顔をしてないのもわかっているけど、それは彼らの不在時間に帰宅して、彼らの帰宅時間までには外出する、というサイクルを守りさえすれば、とりあえずは無視することができる。

特にカネを入れてるわけじゃなかったけど、そうやって意図的に顔を合わさずに生活しているうちは面と向かって文句を云われることも無い。

家賃なしの部屋、光熱費なしのシャワーとエアコン、自炊しなくても冷蔵庫の中にはいつも何かしらの食べ物があって、鍋の蓋《ふた》を開ければ昨夜の残り物のお相伴《しょうばん》にあずかれたりもする。

第一にバイト代をそういった生活費に充《あ》てずに済むのは何よりありがたい。どんなにがんばっても今の僕には月8万円以上を稼ぐのは無理な相談だった。携帯から楽しそうなプランを伝えられた時にそのチャンスを逃すような生活をする気が僕にはさらさらないからだ。

確かに親には悪いとは思うけど、まあ、それが今の僕の生活なんだから仕方ない。


バイト先のデブでブスな大川さんは僕を見つけると引きつった顔で（あれは彼女の笑顔なんだよ、ってニッキーは云う）突進してくる。

彼女の故郷の星では藪から棒のタックルっていうのが同僚に対しての挨拶らしいんだけど、それって普通に地球で生活してる僕にとってはすごく迷惑で、恐ろしい習慣にしか映らない。

でも、大川さんはそういうのにまったく頓着《とんちゃく》しないから始末が悪くて、ちょっとバイトに遅れた僕をつかまえて、「タイムカード、だいじょぉぶ、オッケぇ」っていうのは、まあ、悪いね、サンキュー、ってことになるけど、だからって突進してこられても困るんだよね。

　なんて考えながらすでに25分遅刻してるのを六本木ヒルズの時計で確認する。


　六本木ヒルズができる前のテレ朝通りは昼間でも薄暗くて、きたなくて、いかがわしくて、化粧がぐちゃぐちゃに崩れてるちょっと歳のいったおかまさんたちがなんだかたむろしてたり、黒人のディーラーがいたり、ゲーノー関係のおっかなそうなお兄ちゃんやらお姉さん、高そうな服着てるちょっとテレビに顔が出てるような奴が自意識過剰に歩いていたり、つるんつるんに磨かれた黒塗りスモークガラスの車がのろのろ進むすごい狭い通りで、こんなふうになる前のここはかなり独特なエリアだった。

　で、僕はそういうテレ朝通りがわりと好きだったから、アッパー系のアシッドで簡易的な怖いモノ知らずになって、その急な坂道をスケートでびゅんびゅん滑って派手に転んだり、激しい貧乏揺すりをしながらガードレールに腰掛けてモデルっぽい白人のお尻を眺めたり、かと思えばすれ違いざまに黒人のマッチョマンにケツを触られたり、そんなふうにウロウロすることが多かった。


バイト先のライブハウスに着いたのは4時を少し回った頃だった。

「ウーくん、タイムカード、オッケェだからぁ♡」

階段を下りてゆくと踊り場を掃いていた大川さんがそう云った。

多分、これは気のせいじゃない。

大川さんが僕に話しかける時は、必ず最後にハートマークがついているんだ。タイムカードを押してくれたのは大変ありがたいことだけど、♡マークはどうだろう。

「ああ、わるい」

大川さんの顔も見ずに、そう云って横をすり抜けようとして、不本意にも彼女のエレファントサイズなでかいケツにぶつかってしまった。


邪魔なんだよ、デブ！

た。

「あ、ごめん」

何かを云われる前に僕は足早に階段を駆け下りてライブハウスのドアを開けた。


開場する前のライブハウスは意外に騒々しい。

その日の出演バンドたちのリハーサル、ＳＥとのやりとり、問い合わせの電話、スタッフたちの慌《あわ》ただしい気配。

取材に入ってるマスコミの不躾《ぶしつけ》なフラッシュと、あちこちで誰かを呼び出そうとする携帯の着信音。

そんな中を縫《ぬ》って歩きながら床にモップをかけたりバンドのメンバーにドリンクを提供したりするのが僕の仕事。

時給は泣く子も黙る８５０円。

一人暮らしなんてできるわけがない。

ＬＳＤと、どれだけ吸ったかわからないガンジャの煙のせいで、頭の中は濃霧警報発令中にもかかわらず、今夜の出し物はわけのわからないノイズ系のライブだった。

僕はポーカーフェイスでトイレの床を磨きながら壊滅的《かいめつてき》な気分で今夜の出し物リハーサルを聴いていた。

ライブのあとかたづけも終わって、ステージに腰を掛けて煙草を取り出した時、向こうから大川さんがやってきた。

やばい！

そう思った時には大川さんと目が合っちゃって、蛇に睨《にら》まれた蛙のように僕は身動きもできず自分の意志とは裏腹に、「お疲れ」なんて声をかけてしまっていた。

ホント、うっかりにもほどがある。

デブでブスな大川さんは、別にブスじゃないんだろうけど、何しろ愛嬌《あいきょう》がひとつも無い。だから不愛想な面《つら》にデブのエフェクトがかかって実物以上にブスの印象が強くなる。

デブでブスなら愛嬌で稼げよ、得点を。

女は愛嬌だぜ。


「おつかれえ♡」

とかなんとか云いながら声こそ出さなかったけど、まさに「よいしょ」って感じで僕の横に座ると「煙草ちょうだい♡」と大川さんは云った。

僕は火をつけるつもりで左手に挟んでいた煙草を彼女に差し出すと、大川さんはキャッチャーミットのような手で煙草を受け取り、顔面の筋肉を引きつらせて、「ありがと♡」と云った。

もしかしたら奴は笑ったのかもしれない。


どんなリアクションを返せばいいのかまったく見当がつかず、しばらく頭の中を真っ白にしていたら、救いの手を差し伸べるかのようにケツポケットの携帯がぶるぶる震えてオーイ、オーイと僕を呼んだ。

「着信・カレン」の文字がディスプレイに浮かぶ。

「ウー、アタシ今ね、表にいるよ。出てこれる?」

「今終わってぼーっとしてたとこ。入ってきて平気だよ」


携帯を閉じると、大川さんが聞いてきた。

「お友達?」

「そう、おともだち」

「女の子?」

「そう、おんなのこ」

「ふーん」

大川さんの語尾には♡マークがついていなかった。

こういうわかりやすさは心底怖くて恐ろしい。


逆さまのイスがのせられたテーブルの間を軽やかな足取りでカレンはやって

きた。

かなり壊れちゃってるところも無いわけじゃないけど、それにしたってカレンは最高に可愛い。

いっしょに歩くと周りのみんなが振り返る。

でもカレンは見られることについてはナーバスで、機嫌が悪い時は早口に英語の悪態をつく。

外見が普通と違いすぎるのも、なかなか計り知れないハードな煩《わずら》わしさがあるらしかった。

3

カレンは樋口可南子似の日本人ママと、ジェラール・ドパルデュー似のフランス系アメリカ人のパパ、ケイシー・アフレック似（ベン・アフレックの弟で、いまひとつぱっとしないハリウッド俳優。知ってるかな？）のお兄ちゃんと、元麻布にある外国人専用のゴージャスなマンションに住んでいる。

いつもハイでぶっ飛んで、ケミカルの呷《あお》りっぷりも、パンティーの脱ぎっぷりもどこの誰より最高な17歳のカレンに初めて会ったのは六本木のクラブだった。

やっぱりその日もカレンは出鱈目《でたらめ》に飛んでる状態で、僕はその狂乱ぶりに圧倒されて、「ねえねえ、いまからどっかふたりでいこうよお」なんて、チル・ルーム片隅のソファで追いつめられても怯えを悟られないように、「ぎゃははは」って笑うのが精一杯だった。

それでも、じゃあ、こんどでんわしてよ、て渡された携帯のナンバー入りコースターをしっかり救世軍放出品をカッターナイフでちょん切って半パンにしたカーゴパンツのボタン付きポケットにしまい込むことだけは忘れなかった。

で、もちろん〝今度の機会〟に電話したんだけど、やっぱり素面《しらふ》で対抗するには彼女のほうが大物だろう、という小心が僕の背中にしっかりへばりついていたもんだから、よし、それならこっちも頑張らないとな、って、買ったばかりのタイニーペーパーを半分にちぎらず、１枚そのまま丸飲みしてから呼び出し音を聞いていた。

電話に出たカレンは相変わらずポジティブな人格崩壊気味で、あっという間にフランク・ザッパのかかるカレンの部屋で、僕らはカレンのお兄ちゃんお手製の水パイプを共有していた。

コポコポとボトルの中に充満する白い煙を思い切り吸い込んだところで突然カレンが僕に覆《おお》い被《かぶ》さってきた。

肺に入れたばかりの煙を出さないように注意しながら、僕は水パイプを脇に押しのけてカレンの腰に手を回す。

ところが、ＬＳＤとガンジャと、押しつけられるきもちいいおっぱいで、僕はすっかり満足しちゃって、脱いだはいいけどなんにもできずに、へんなニオイのする汗だけかいて、でもそれじゃあすまないし、と思っても、すっかりストーンな頭と身体はもう僕の意志ではどうすることもできず、ただただ「ごめ～ん」っておどけるしかなかった。

それでもステキなことに、カレンは「アタシ、ウーちゃん、とってもすきよ」って役立たずの僕にやさしく3回キスしてくれた。

やっぱりカレンは僕より数倍大物で、５歳年上の僕は時給８５０円の薬物中毒小市民だった。

カレンは週に一度、どっかの商事会社の社内英会話教室で講師をやって、3時間で1万5千円を受け取っている。それと、時々頼まれた時にだけベビーシッターのバイト。これも時給3千円。いったいどうなってるんだ。

英語のネイティブだっていうだけで17歳の高校生にそんなに金を渡すなんて。ホント、日本はいつまで経っても敗戦国なんだよね、戦後60年経ってもさ。
カレンは20歳になったら国籍を選ぶことになっている。
多分アメリカを選ぶと思う。
東京はエキセントリックで楽しいけどアシッドが高すぎる。
でも、ウーちゃんと結婚したら日本国籍にしてもいいよ。

付き合い始めて2カ月しか経ってないのに、ガンジャを吸うと必ずカレンは
そう云う。
カレンと結婚？

そしたら呉一家には、新たにフランスとアメリカの血が混ざることになる。
WOW!!　超インターナショナルじゃん！
そう云って、僕らはいつも決まってゲラゲラ笑う。

4

祭りの後のライブハウスは色気の無い蛍光灯しかついていない。

その光の加減なのか昨夜のＬＳＤのせいなのか、カレンの顔色はかなり悪かった。

向こう側が透けて見えそうなほど血の気が失せていた。

それでも彼女はニッコリ微笑みながら僕の隣にふわりと腰を下ろして僕の手を握った。


「今日、何時頃帰ったの？」

「んーとね、3時頃かな？」

「なんか食べた？」

「コーラとバナナ」

「ちょっとくらいは寝たの？」

「さっきまで眠ってた。だからもう元気」

カレンとは反対側の顔面に突き刺さるような視線を感じて僕は内心すごく怯えていた。

何か云えばいいのに大川さんは黙って煙草を吸っている。

遠慮は無用だ、はやくあっちへ行ってくれ！


「大川さん、彼女、カレン」

僕は首根っこをつかまれてしまった猫のように、またしてもつい、うっかり、心にもない紹介をしてしまった。

「カレンです、はじめまして」

一昨年までアメリカで生活してたカレンは、初対面の挨拶に必ず手を差し出す。

キレイにマニキュアされたカレンの指先を無視して大川さんは「どうも」と

だけ云った。

同僚じゃなかったらぶちのめしてるとこだ。

握手を無視されてもカレンは別に気にしてないようだったけど、瞳にかかる例の陰が一瞬大きく揺れるのを僕は見逃さなかった。

こういう表情が浮かんだ時のカレンは本当にたとえようもなく危うく切なく儚《はかな》げで、僕はたまらない感情でいっぱいになる。

思い切り抱きしめて泣かせてあげたいような、こっちが泣き出してしまいそうな、申し訳ないような、なんて云ったらいいのか。

まだアシッドがきいてるせいか、上手く説明できない。

12時45分になったのを見届けてから、タイムカードを押してカレンと表へ出る。

「どうする？　どっか行く？　帰るなら送るよ」

「カレンはいっしょに遊びたいけど、ウーは疲れてるんでしょ?」

「そうだなあ」

僕の指に絡んだカレンの指に力が入る。

「だいじょうぶだよ、どっか行って、アッパーやったら元気になるよ」

「じゃあ前ちゃんちは? きのう『スピード入りそうなんだ』って云ってたよ!」

5

前ちゃんが始終笑顔でやせっぽちで1年中真っ黒に日焼けしているのは、ガンジャと覚醒剤とスケートボードが大好きだから。

腰まで届く長いドレッドをラスタ帽に押し込み、ファンクやダブを聴きながら適当な入れ墨を希望者に無料奉仕している。

ニッキーとは小学校からの付き合いで、鶴川で一番最初に入れ墨を彫ったのが自慢。

「下北で見つけた輸入もんのスケートボードビデオん中のスケーターがみんな入れ墨してたんだよ。入れ墨はいってるとスケートが上手く見えるよなあ、ってさ。ほら、おれ、あんまりスケート上手くないじゃん。だからどうしても真似したくてさあ。入れ墨の専門誌を輸入本屋で何冊かかっぱらって入れ方を調べてさ。そうだよ、当時は入れ墨の雑誌なんて輸入もんしか無いからさ、ぜーんぶエーゴで、ちっともわかんねえんだもん。だから自己流でやったんだよ。足の裏で練習してさ。そう、足の裏。かかとなんてさ、彫っても彫ってもすぐ消えちゃうからさ、いい練習台になるんだよ。墨もさ、いろいろ使ってみたけど、ロットリング液が一番いいんだよね。近所の文房具屋で、どれだけかっぱらったかわかんないよ。最後にはおれが店に入ってくとさ、そこんちのおやじが出てくるようになっちゃって、もう、おれのことしか見てないんだもん。ほかに客がいたって、おればっか見るの。もうさ、しょーがねえからすげえ遠い文房具屋まで自転車で行ってさ」

と、ガンジャで真っ赤になった目をグーの両手でこすりながら話してくれた。

そういうわけで前ちゃんの身体中にはあちこち入れ墨が入ってて、そのうち「ちょっといれてくれる?」なんて頼まれるようになって、なんとなく成り行きで〝入れ墨屋〟稼業になっている。アシッドはアッパー、ダウナーに関係なくなんでもイケルけど、お酒は一滴も飲めない。

「ブロンなら一気飲みできるんだけどね」

電話口で誰かに説明していたのをきいたことがある。

誰かんちへ行くとマジックアイテム確認のために、必ず冷蔵庫を開ける。

「ひとんち勝手に入ってメダル取ってく奴いるじゃん、ドラクエのキャラで。あれって前ちゃんだよね」

そう云ってハイになってる僕たちは、毎回毎回同じことで大笑いする。

前ちゃんの同級生のニッキーは、駅前商店街に店をかまえる〝秋川精肉店〟

の長男坊。

小柄な前ちゃんとは対照的な身長189センチ体重95キロの巨体で、幻覚系のケミカルを愛してやまないから、女の子たちはニッキーを「夢見るイエティ」(笑)って呼ぶ。

なにしろでかいから、何かっていうとすぐに、「ニッキー見えないよ」「ニッキー邪魔だよ」「ニッキーどいてよ、悪いけど」とか云われてる。

2年くらい前に、へんな宗教だか女にはまったことがあって、「肉を喰う奴らは地獄へ堕《お》ちろ!」というスローガンを掲げたことがあった。

普段は寡黙《かもく》なニッキーが、その宗教だかシンパだかの集会から戻った夜、マクドナルドの裏口に廃棄《はいき》された賞味期限切れハンバーガーを頬張るみんなの横で、「おまえら地獄の炎に焼かれるがいい! おれの親は悪魔の手先だ!」と大騒ぎしたかと思うと、急に東北出身の真面目でやさしい両親の笑顔が目の前にちらついたのか、またしても唐突に、「うわーっ」と絶叫し、馬鹿馬鹿しいジレンマを抱えてのたうち回った。

そのたんびに前ちゃんは、「ニッキー、肉はうまいぜ」と、号泣するニッキーの肩を抱き、諭《さと》すように云い聞かせた。

なんか悪いヤクでも打ったんじゃないの？

それがみんなの共通の意見だった。

ところが1カ月も経たないうちに、みんなに内緒で大量購入した質の悪いヤクが切れたのか、あるいは前ちゃんの諭しがきいたのか、妙な宗教の勧誘係りの女に振られたのか、憑《つ》き物が落ちたかのようなあっけなさで、元通りの幻覚大好き、夢見るイエティ・ニッキーに戻ったのだった。

12歳の時に米軍基地開放日のチャリティーバザーで200円のスケートボードを買った日以来、ニッキーは毎日スケートボードに乗っている。おかげでスケートは半端じゃなく上手いんだけど、あまり健全とは云えない生活習慣のために持久力に問題あり。

「ウルトラマンなの、ボクは」

口数少なくぶっきらぼうにニッキーは云う。

6

「あ、もしもし、前ちゃん？　ウーだけどさ、行ってもいいかな？　うん、そう、カレンも。あと10分くらいで着くと思う」

タイプスリーの後部座席でカレンが削ったチョコを煙草といっしょに巻いている。

今日はスペシャル・パーティーロール！

yeah! yeah! yeah!

インターナショナルスクールの連中はいっつもいいモノ持ってる。

どうしてだろう？

前ちゃんとニッキーの住むアパートは池尻大橋駅から商店街を抜けたところ

にあって、最初ふたりは頑《かたく》なに、「ハッピー・ハイ・タワー！」って云い張っていたんだけど、もちろんそんな呼び方が定着するわけが無くて、いつの間にか「ミシュク」って、地名のまんま呼ばれるようになった、築35年のおんぼろだ。

1階の一番端っこの部屋は6畳がふたつと4畳半の台所という間取りで、隣の部屋には日本語のまったく話せないアジア系の男性が数人で住んでいるらしかった。

土曜日の夜になると、決まってヌクマムとか、ナンプラーとか、パクチーとかっていう、独特のエスニックな香りがただよい、ガンジャで腹ぺこになった気でいる貧乏なミシュク住人と、そこに居合わせてストーンになってる僕らは、その食欲をそそるアジアン・スメルにいつも気がふれそうになった。

「だれか、はやくタイ語でもインドネシア語でもいいからマスターしろよ」

「とにかく友達になっちゃえよ、はやく、だれでもいいからさ」

「皿、持ってきゃいいんじゃねーの？　ください、それ、くださいって、身振り手振りで」

「ムエタイとかもいいんじゃない？　いきなりかかと落とし、とかさ」

「いや、笑顔で、いいらしいよ、タイってとこは」

でもそんなことを云い合ったところで、大抵《たいてい》の場合、誰も立ち上がれないほどにストーンだから、「はやくしろよぉ」「だれかぁ」「ちょっとぉ」とか、そんな押しつけごっこを一通りやり終えると、すっかり体力を消耗して、電池が切れたようにみんなでそろって無口になって、エスニック料理のビジュアルを壁の上に描き出しつつ、それぞれの世界へ潜《もぐ》り込む。

するとと再び沈黙のトリップへ身体を横たえるためのパイプやストロー付きの小さなボトルが、僕らの間を行き来した。

結局そのおいしい匂いに耐えられなくなった僕たちは、土曜日の夜をミシュクで過ごすことをやめて、近所の公園でぶっ飛んだまま夜空を見上げたり、幸運にも体力とハッピー・アイテムのある日は麻布や六本木のクラブへ出かけたりするようになった。

玄関を入ってすぐの台所には、ニッキーからの連絡を受けた僕がタイプスリーでわざわざ桜新町のゴミ捨て場から運んできたこたつが置いてあって、ミシュクに来た奴らは皆それを囲んで座る。

リノリウムの床には、拾った当時は「きれーじゃん、これ」だったけど、今ではすっかり薄汚れてシミだらけになったカーペットが敷いてあって、壁際にはイームズ系色調のクッションが、やっぱりこれも誰かが拾ってきた黒い革張りの3人掛けソファの上に山積みにされている。

ミシュクはまさに、地球にやさしいエコロジー&リサイクルのモデル・ルームだった。

訪問の際にお土産の〝ご機嫌アイテム〟を持参できない貧乏人が、〝誰かの何か〟をご馳走になる御礼になんでもかんでも拾って持ち込むからだ。

まったく感心することに、ハンバーガーさえマック裏口に廃棄された拾いモノだった。

そして当然のように室内は絶望的に散らかりまくり、おまけに壁は〝飛び道具〟と称してへったくそなサイケ柄のペイントが一面に施《ほどこ》されていた。

大家がこれを見たら卒倒するはずだ。

ホント気の毒だと思う。


名前は忘れちゃったけど、随分前にケロヨンを持ってきた奴がいた。

誰かのライブで誰かと知り合いになったオイ・パンクの小僧だ。背が低くてちょっと暗い感じの。

確かすごい巨漢の女といっしょだった。


ガンジャでスーパーストーンになってる時に、その巨漢付きのちびたオイ・パンクが大事そうにケロヨンを抱えて部屋に入ってきた。

「なんだよぉ、それぇ」

誰かがそう声をかけた途端、はじけたように一斉にみんながゲラゲラと笑い出した。

そいつはその笑い声が嬉しかったみたいで、「ケロヨンです！」って元気に答えたんだけど、みんなが笑ったのはケロヨンじゃなくて、奴の後ろを覆っていた巨漢女だって気づいてないみたいだった。
そのケロヨンも今ではぶっ飛び系の斑模様《まだら》に衣替えをして、時々バッドトリップした奴から蹴りを入れられている。

台所には一人暮らし用の小さな、もちろん拾いモノのピンク色の冷蔵庫があって、その中にはアルミホイルに包まれた、様々な種類の〝マジックアイテム〟が静かに出番を待っている。

鍵なんてかかっていたためしの無いドアを開けると、スピード使用中に決まって焚きつけるロータスの香りがゆらゆらと室内から流れ出てきた。

7

珍しく今日は誰も来てなくて、前ちゃんは台所で見知らぬマッチョマンの肩《けん》胛骨《こうこつ》に入れ墨をしている最中だった。

「よう！　カレン、元気だった？」

目を上げずに前ちゃんが云う。

「何彫ってるのぉ？　ライオン？」

「そうそう、ラスタのライオン。知ってる？」

「よお、前ちゃん、元気？」

「あ、ウーちゃん、先週どうしたのよ、待ってたのに」

「ごめんごめん。なんか急に親戚が来てさ、みんなで焼き肉食いに行ったら動けなくなっちゃって」

「へえ、焼き肉かあ、すげえ。食えた？」

「わりとね、がんばったよ」

先週の僕はずっと覚醒剤漬けだったから、本当にがんばらないとご飯を食べることができなかったんだ。

「そうか、ごくろう、ご苦労」

前ちゃんは嬉しそうに云う。


入れ墨を彫っている時には当然のことだけど血が流れてて、彫り師はそれを上手くふき取りながら作業を進めてゆく。流れる血は墨のロットリング液と混ざり、艶々《つやつや》となまめかしい照り具合になって血液には見えなくなる。だからなおさら絵柄の幼稚さとあいまって、いまいち現実感が無くて、いたずら描きをしているように見える。

彫り手はぺらぺらしゃべってるし、彫られ側は期待膨《ふく》らむ表情でにやにやしてるし、場所だってきったない〝ミシュク〟の台所だし、かかってる音楽はスライ・アンド・ザ・ファミリーストーンだし。


黒く染まったクリネックスをマッチョマンの肩胛骨に押し当てながら、前ちゃんは僕らのほうを振り向いた。

「ウーちゃん速いの、やる?」

内心で万歳三唱を繰り返す僕と、ぱっちりお目々をキラキラさせて内心「ｙｅｓ!　ｙｅｓ!　ｙｅｓ!」とガッツポーズを決めてるはずのカレンは、大きく首を縦に振る。


「ありがと、前ちゃん。あとでさ、チョコもやろうよ」

大変嬉しくいただきます、そして、こっちもご馳走持参です、というのをそれとなく報告すると、前ちゃんは察した様子でにやりと笑った。

「ねね、前ちゃん」

カレンが携帯のディスプレイを前ちゃんの目の前に突き出した。

すると、前ちゃんは声を出さずに『マジで?』って聞いて、カレンも声を出さずに3回小さく頷いた。

「あのさあ、一応血が止まるまではガーゼを剥《は》がさないほうがいいよ。風呂とか酒とかもやめたほうがいい」

気のせいか前ちゃんは少し慌てた感じでマッチョに説明している。

「うん、わかった。あとどれくらいかかるかな？」

「んーと、5分もかかんないと思うよ」

カレンの携帯をのぞき込むと、「RASTAFARI」の文字が表示されていたけど、マッチョのライオンの下には「RASUTAFALI」と彫られている。

前ちゃんは最後の仕上げ段階に入っている。

入れ墨のスペル間違えるなんて、ちょっとマズイよ。

普段は見えない場所だから本人も気にならないはずだけど、入れ立ての頃って嬉しくて嬉しくて、見えにくい場所でもがんばって1日に何十回も眺めるんだよ。

レーザーで消すのもありなんだけど、何しろそんな金は誰も持ってないし（このマッチョだって持ってないだろう）、おそらく今後だって持つ予定もないからね、僕らの入れ墨は修正不可能、って考えて間違いない。

もしも、今後そんなゆとりの金を手にするチャンスがあるんだったら、僕はまず最初に4年前にふざけて入れた左手中指の十字架を消すだろうな。

誰にも云ってないけど、この十字架はかなり恥ずかしいと思ってるんだ。

突然ガラリと襖《ふすま》が開いて、ぼさぼさ頭の寝起き明白の迫力ニッキーが出てきた。

「あ、ウーちゃん。ややや、カレン、いいことしてるじゃないの」

ニッキーを見上げるとカレンはライターを置いて口からストローを外して云った。

「ニッキーのもあるよ、今日はチョコのスペシャルロールだってあるんだから」

「へえ豪勢だ。朝からガツンッだね」

嬉しそうにきびすを返すとベッドサイドに置いてある「しゃぶしゃぶセット」とニッキーが呼んでいる注射器入りのプラスチックケースを持ってきた。

ニコニコ顔のニッキーはソファに腰を掛けると、肘《ひじ》の少し上を沖縄土産のミンサー織りのバンダナでぐるぐるっと縛《しば》り上げ、腕の内側をぺんぺんと叩いた。


カレンは誰かが注射器を使おうとすると必ず席を立つ。

今も用事なんてないのにニッキーの部屋へ入り、レコード棚を物色している。

「あんな野蛮な行為は見たくない」というのがその理由。


僕はただ単に怖がりの痛がりだから、注射器なんてとんでもなくて、使いたい、とさえ思ったことが無いから「少量で効き目も抜群！　経済的なニードル・ブラボー」なんて、シュプレヒコールはいつも黙って聞き流す。

「不経済だなあ」「意気地なしだなあ」

ギャラリーがなんと云おうと、僕は吸引派をやめるつもりはまったくない。

腕に針がさし込まれ、アッパー・パウダーが身体中を走り始めると、ニッキーは至福の顔付きを見られる照れくささから、わざとふざけて「これだぜ！」と両目を見開いてニッカリ笑う。

スペル間違いのマッチョマンは浮き浮き顔で部屋を出る。

玄関で靴を履《は》いてるマッチョに前ちゃんは、「あれが一番スよ。ホントに、どうも」なんてことを云っている。

どうやら今夜のパウダーはスペル間違いマッチョの支払いだったらしい。

8

ニッキーのバンドがツアーに出た先週、僕は佳郎の運転する12年落ちのハイエースに〝運転手兼ローディー〟として同乗し、1週間ずっと東京を離れていた。

風呂にも入らないドラッギーな168時間の後、さて風呂に入ろう、と、裸になったところへ外出してた母親のセーコさんが洗濯洗剤をしまいに脱衣所の戸をガラッと開けた。

〝アタック〟と〝ソフラン〟を抱えたままの彼女は、「あらやだ、随分入ってるのね」と云った。

右の胸にはセサミストリートのキャラクターのホーン（鼻をつまむと「ホーン」の音がする紫色のやつ）、左側にはアメリカ先住民ホピ族の象形文字、背中の肩胛骨にも左右に何かが入ってるはずだけど、覚えてない。

それにしても、セーコさんの反応はかなり物足りない。

ホーンの紫色は入れるのかなり痛かった。

だからせめて、「あら、キレイね」くらいの感想は欲しかった。

ぐちゃぐちゃな1週間が終わった当日だというのに、その日はバイトが入っていた。

いくら融通のきく気楽なバイト風情ではあっても、やっぱり1週間連続の休みは少々具合が悪い。

本当は今日くらい風呂に入ってベッドに横になりたかった。たっぷり吸い込んだあらゆるアシッドがそう簡単に僕を眠りの世界へ解放してくれるとは思えなかったけど、それでも身体が疲れていることだけは確かだった。

腹だってきっと空いている。


セーコさんが置いといてくれた洗濯済みのジーンズに、アタリ社のロゴとパックマンがプリントされたTシャツを着て、カレンのお兄ちゃんにもらったSTUSSYのパーカーを羽織る。

玄関先のスニーカーを見て僕は仰天した。

元の色もわからなければ、ひどい臭いを放ち、おまけに靴ひもは途中で引きちぎられている。

いったいぜんたい、何が彼の身の上に起こってしまったのか?

いったいぜんたい、僕は彼にどんな仕打ちをしたのか？

たまに僕は、前後不覚になるほど薬物で調子づく。

十七、八歳の頃、ＬＳＤだかクラックだかで、完璧にぶっ飛んだ僕は、気がつくと3日前にイシバシ楽器で36回ローンを組んだばかりのエフェクターを油性マジックとスプレーペンキとクレヨンで、厚塗り油絵技法流にリメイクして驚いた過去がある。

まあ、この手の話なんて、それこそ佃煮にするほどあるけれど、それにしても、このスニーカーはかわいそうだ。

まったく、こんなのよくセーコさんが捨てなかったな、と感心しながら、僕はつまらないけど楽チンなバイトへ向かう。

彼女は以前、玄関に揃《そろ》えて置いてあった僕のスニーカーを、「あのゴミ、捨てといたわよ」と、平然と云ってのけたことがあるのだ。

救いようが無く汚染されたスニーカーに始まって、デブでブスな大川さんといっしょに朝を迎えてしまったのが呪われた運勢の終焉《しゅうえん》だった。いや、始まりだったのか？


仮病を使ってでもバイトを休めばよかった。

クビならクビでちっとも構わなかったのに。

仕事なんてなくたって1カ月や2カ月なら困らない。

あーあ、最悪だ。


ライブハウスのドアを開けた途端、僕は待ち伏せしてたとしか思えない大川さんにあっけなく捕まった。

「今日、仕事あがったらうちに来ない？」

うぜーよ！　ブス！　なんでなつくんだよ！　あっち行けよ！

「今日もちょっとあるのよ、あ・れ♡」

「え?　ホントに?」

「あ・れ♡」というのはガンジャのこと。

彼女どこでどう都合つけたのか知らないけど、結構いい感じのガンジャを自宅の小引出しに隠し持っていた。

それだけのことで嬉しそうな声をあげてしまう僕は本当に情けない奴だと思うよ、ホントに。

知っているんだ、情けないの。


だってさあ、常にガンジャを持ってるカレンも先週からテストが始まっちゃってあんまりゆっくり会えないし、僕の周りはアッパー系が主流だった。

1グラムあったら数人で楽しむことのできるアシッドに比べて、ガンジャは1グラムだったらひとりでちょっと楽しめる、というくらいにしかならない。

だから、慢性的な金欠病を患《わずら》う薬物常習者にとって、ガンジャは不経済、というか、ちょっとした贅沢品《ぜいたくひん》なんだ。

バイトが終わって表に出ると、地底から響き上がってくる、不気味な低音が次第に僕に近づいてきた。

どどどどっどどどどどどっ。

『地震だ！』と立ち止まると、バスドラ連打のような足音とともに大川さんが僕を追いかけてきていた。

「ま、ま、待って、ウーくんっ！」

ホントに疲れてた僕は思い切り不機嫌な顔で振り向いた。

いつもだったら決してそんなことしないんだけど、威嚇《いかく》のつもりでそうしたんだ。

でも、そんなのを威嚇だなんて思う大川さんじゃない。

奴はもっと上手《うわて》だ。

額《ひたい》と鼻の頭に玉のような、というよりアブラの玉を浮かべて、大川さんは呼吸を整えると出し抜けに僕を飲みに誘った。

「悪いんだけど、ちょっと付き合ってほしいんだ♡♡」

悪りぃよ、デブ！

というのが顔に出ているはずなのに、大川さんはひるまない。むしろ、いつもより語尾の♡が多い気さえする。

「相談したいことがあるのぉ♡♡」

そうだん？？？

全体的に水っぽい感じの白い腕が僕の腕にまとわりついて、そのワイン樽のようなボディに引き寄せられた時点で僕に内蔵されてる緊急戦闘態勢システムはすべて見事にダウンした。

僕はその日の朝、〝ケミカル乱用7泊8日ツアー〟から戻ったばかりだったから、普段めったに飲まないアルコールであっという間にブラックアウトしたのか、下手したら大川さんに一服盛られたのか。いずれにしても、ライブハウスの近所にある居酒屋で酎ハイを2杯呑んだ、そっから先の記憶が無い。

ほんと、なんであのときに酒なんか呑んじゃったんだろう。

とにかく、目が覚めると僕はＳＨＩＰＳのグレーのブリーフ1枚で、隣にはこの世のモノとは信じがたいおぞましい生き物が全裸のまま口を開けて眠っていた。

恐る恐るベッドから這い出して、その辺に散らばった衣類をかき集めている時にテーブルの上に転がるビールのアルミ缶が目に入った。

真ん中がへこんで焦げた跡がある。

当たり前のようにその横にはガンジャとライターが置いてあった。

居酒屋でどうにかなった僕を大川さんが背負ってきたのか、担いできたのかわからないけれど、その後、この部屋でふたりガンジャを吸ったらしかった。

僕はそれさえ覚えていないことに悔しくなって、そこにあったガンジャを全部まとめてティッシュにくるむとパーカーのポケットに押し込んで、慎重に、かつ慌てて表へ出た。

いったいここはどこなんだ？
アパートの前に広がるキャベツ畑を見渡して僕は呆然とする。
奴と何かしてしまったのかもしれない。
そう考えただけで、恐怖が足元から這い上がってくるようだった。

あいつは僕にいったい何をしたんだ！

とにかく一刻もはやく僕の穏やかな日常へ戻る手段を獲得する必要があった。
そう！　あいつが目を覚ます前に！！

携帯をかけまくってようやく連絡の取れたニッキーは、

「バイトから戻ったばかりなんだよ、勘弁してよ」

と不機嫌で取りつく島もなかったくせに、

「ガンジャ持ってる」と云うと、「すぐ行くから」とアッサリ掌を返し、きっかり20分後にSTEEDに乗ってやってきた。

ニッキーの後ろにしがみついてそのままミシュクへ向かい、そこんちにいた6人で大川さんのガンジャを吸って僕らはあっという間にウエルカム・トゥ・ナイストリップになり、ぎゃはぎゃは馬鹿笑いの世界へ飛び込んだ。

驚くべきことにそれはまぎれもなく〝マウイ・シンセミア〟と呼ばれる最高品質のモノだった。

9

おじいちゃんとおばあちゃんが引き揚げ船で大陸から九州へたどり着いた時、僕の父さんはまだ生後3カ月に満たない赤ん坊で、引き揚げ船の中に子供を連れているのんきな人間は他にひとりもいなかった。

みんな自分の命を守るのに精一杯で、足手まといの子供たちは中国人たちに押しつけて、つまり、置き去りにしてきてたからだ。

置き去りにされた子供たちは運が良ければ学校へ行ったり、お腹いっぱいご飯を食べられたはずだけど、大抵の子供は畑仕事の人手として、最低限の食事で育てられた。

大陸に置いてかれた日本人の子供たちが1日中にわとりの餌《えさ》をまいていたり、1日中草むしりをしているのは、戦争も後半にさしかかる頃には珍しい光景ではなかった。


残留孤児の日本での親探しをNHKで放送しているのを見ながら、おばあちゃんが僕にそう話してくれたことがあるんだけど、それはどっちかっていうと、僕に向かって語るんじゃなくて、不意に思い出した記憶を広げて、眺めて、独り言を云ってるような感じだった。

一瞬の隙《すき》も許さぬように、皆が赤ん坊をジッと睨みつけ、冗談ではなく、「そんなモノは海に放り込め、捨てちまえ！」といった雰囲気が引き揚げ船の中に充満していた。

荒くれの軍人崩れにでも捕まったら勝ち目は無い。

何しろ周りは皆日本人で、精神・身体・栄養状態は極めて悪く、モラルは崩壊していく一方だった。子供を連れた見るからに貧しいこの中国人の家族を守ってくれるモノは自分たち以外にその船には存在しなかった。

だから子連れの祖父母は子供が泣き出さぬように細心の注意を払い、3日間の航海中、一度も赤ん坊を自分たちの腕の中から離さなかったという。

戦時中に上海《シャンハイ》に駐在していた日本国軍人たちは、大抵が横柄な軍人ばかりで、今で云うハウスキーパーの中国人やモンゴル人たちに対し高圧的な態度で接するのが常だった。

だけど、僕の祖父母の奉公先の軍人夫婦は、「中国語・ロシア語」の通訳をしている頭脳士官であったから、一般的な日本軍人とは違い穏やかでやさしく、祖父母を大切にし、おまけに日本語とロシア語の手ほどきまでしてくれた。

だから、祖父母は大方の日本人たちが引き揚げてしまった後の最後の引き揚げ船に乗って、1カ月はやく引き揚げていた士官夫婦を頼って中国を去ることにしたのだ。

このやさしくて知的な通訳専門の軍人家族が戦争に負けた日本で、惨《みじ》めな目に遭《あ》わないようにと気遣っての選択だった。


祖父母の間に赤ん坊（つまり、僕の父親）が生まれた時、その士官夫婦は日本の風習だといって、「命名式」と「お七夜」を執《と》り行い盛大に祝ってくれた。

そのお祝いには祖父母の両親や兄弟までもが参加して、中国人ばかりの華やかなお祭り騒ぎとなり、提灯と爆竹が一週間続いたという。

壁に貼られた和紙には「命名・富城」と達筆に記され、その前には直立不動のりりしい軍服を着た、見るからに教養のありそうな男性と、レースのドレスをまとい、髪をキレイに結い上げた女性に抱かれた僕の父さんの写真があった。

僕はその写真がなぜか妙に気に入って、しばらくそれを財布の中にしのばせていた。

昔の写真は今の写真に比べて印画紙が厚く、それでいて画像側はやたらデリケートですぐに傷ついてしまう。だから僕は印刷屋でラミネート加工をしてもらい、すごく大切に、今だってしっかり持っている。

家族が留守で自宅に僕ひとりしかいない時は、ロバート・ジョンソンのような古くてあったかい音楽を聴きながら、ガンジャパイプとギターを抱える。そんなとき、会ったこともないこの日本人頭脳士官夫婦の写真をジッと眺めてみる。

彼らがいなかったら、呉一家は東京に住むこともなく、僕の存在そのモノも危うかったのだろう。

『バック・トゥ・ザ・フューチャー』の家族写真のように、僕の映像が薄れてゆく。

そんなふうに考えると、僕を可愛がってくれた今は亡き中国人の祖父母より、名前も知らないこの夫婦のほうが、よほど〝先祖〟のような気がしてならない。

名前は中国人だけど、僕の中身は間違いなく日本人であった。

大陸や、日本からアメリカに渡り、帰化した黄色人種の2世を「バナナ」というそうだ。

——外見は黄色いけれど、一皮剥けば中身は白——

なるほど、なかなか上手いことを云う。

♪バナナが1本ありました、
あーおいみなみのそらのした、
こどもがふたりでとりやっこ、
バナナはつるんとトンでった、
バナナぁはどーこへいったかな、
バナナンバナナンバーナナ

「――これはぁ、みなみのうみにうかぶガンジャさいばいしてるしまでさあ、ハッピー・スモークできぶんよくはらへりモードになっちゃったストリートキッズが、さいごのバナナのとりあいになっちゃって、すべってしたにおちただけのバナナを、ふぁーあ（あくび）、ふたりともストーンだったから、やべえ、どこいっちゃったのかなあ、なくなっちゃうよ♡、バナナバナナ、あはははははは――

と、かいしゃくするのがいちばんしぜんだとおれはおもうわけだよ」

腹減りモード状態の前ちゃんは、僕が差し入れたバナナをもぐもぐやりながらそう云った。

♪バナナン、バナナン、バーナァァナ！

小さい頃この歌が大好きだった僕は、歌詞を全部知っている。

6番まであるんだよ。最後は昼寝中の船長さんが食べちゃうんだ。

風が吹けば桶屋《おけや》が儲《もう》かる、的発想で、あるいは、藁《わら》しべ長者的展開によって、バナナは驚くべき生い立ちと、あくまでも正当なバナナの生涯を全うする。

それを知ってたら、この曲の解釈はもうちょっと違うモノになってたと思うんだけど、前ちゃんがあんまり嬉しそうだったから、僕は黙って頷いた。

10

さて、大川さんの話。

あの晩、僕たちの間にいったい何があったのかは想像もしたくない。

ひとつのベッドに下着姿（奴は裸だったけど）で並んで眠っていた、という事実を目の当たりにして以来、僕は大川さんを見るたびに激しく動揺した。

もう、それだけで僕は十分罪の償《つくな》いをしていると思う。

あんな奴のために僕が胃を痛めるのなんて、どう考えても割に合わない。


例の晩から数えて４日目の今日。

「あれ、まだあるのよ♡」と誘われて、条件反射で思わず尻尾を振ってしまった僕だけど、すぐに例の悪夢を思い出して冷静さを保つのに成功した。

今夜は何があっても倒れないぞ、みてろ。

鼻息も荒く背筋を伸ばしたはずなのに、薬物中毒患者の僕は「え？　ホントに？　マジで？」なんて、ほっぺを緩《ゆる》めて答えてしまう。

ホント、やんなっちゃうけど、やっぱり僕はジャンキーなんだよ。

バイトの後、大川さんがつかまえたタクシーに乗り込んで彼女のアパートへ向かう時、ほんとに、何を勘違いしたのか知らないけど、この地球外生命体は僕の手をぎゅーっと握りしめてきた。

てめー、いい加減にしろよ、このブス！

怒髪天《どはつてん》顔で奴を睨みつけたけど、窓の外をのぞいたまんま、大川さんは僕の顔を見ようとはしなかった。

ただ一言、すごい小さい声で「ごめんね」と云った。

やっぱり来なきゃよかった、と思い切り後悔したのに、口をついて出たのは「うん」の一言だけだった。

情けないのはわかっているんだけど、僕は正直な気持ちを口にできない弱虫なんだ。

だからいつだっていろんな悪意につけ込まれてのっぴきならなくなってしまう。


部屋に着いてからの大川さんは小さなテーブルを挟んで差し向かいに座っても、下を向いたまま何も云わなかった。

僕は手持ちぶさたで必要以上に煙草を吸い、ＣＤラックのコレクションを眺めたりした。

なんか僕のまったく知らない日本人ミュージシャンのＣＤが何枚かと、ビートルズの『ホワイトアルバム』とボブ・マーリーの『レジェンド』があるだけ。

こういう場合いったいどうしたらいいんだ？

『レジェンド』を手に「これ、かけようよ」と云うと、大川さんは何も云わずに頷いた。

まったく、いったい、なんだっていうんだよ。

はやくガンジャ出せよ。

と思いながらＣＤをセットすると、強烈なタックルを背中に受けて、体勢を整える前に追い打ちの攻撃（タックル）で、僕はあっけなく横倒しにされてしまった。

いってぇー！

おいおい、いったいなんだっていうんだ!?

僕の上に馬乗りになった大川さんがTシャツを脱いで首筋にかぶりついてきた。

僕は大川さんの両肩をつかんで奴を突っ撥《は》ねようと必死。

驚異的な馬鹿力で、僕の反撃をものともしない大川さん。

押しやろうとする僕に抵抗していた大川さんの力が急に抜けたと思ったら、神業のような素早さで半パンの中に差し込まれた彼女の右手に僕のちんちんをつかまれてしまった。

あっ、と思った時には時すでに遅く、彼女は僕を見ずにいつものように語尾にハートマークをつけてはっきり云った。

「大人しくしないと噛み切っちゃうよ♡」


噛み切る!?


皇帝時代の中国には、多くの〝宦官《かんがん》〟が存在していた。

年若いうちに去勢し、煩悩《ぼんのう》を捨て、帝国のために仕えた誇り高き男達。

冗談じゃない！　なに云ってんだよ、今は21世紀だぜ！

ベルトを解くのに手間取った大川さんの隙をついて、僕は彼女の腹に手（足？）加減なしの蹴りを入れることに成功した。

決まった！……はずなのに、僕のベルトは外され、半パンもＳＨＩＰＳのブリーフもずり下ろされて、哀れな僕のフニャチンは、彼女にすっぽりくわえ込まれてしまった。

しかし、普通はこんなエイリアンにくわえ込まれたところで勃つわけがない。だって裸の大川さんは、ただのデブでブスな大川さんじゃなくて、スターウォーズに出てくるあの巨大ナメクジの〝ジャバザハット〟にそっくりだった。

映画の中で奴が小動物をひょいっとつかみ上げてばりばり食べちゃうシーンがあったけど、僕はまさにその小動物になった気分だった。

でも、なんだかんだいったところで、僕はまだ22歳の暴れん坊将軍なわけで、現実がどうであろうと、ちょっとしたスイッチの入れ違いで『カモーンベイビー、アイムスタンディング！』状態になれちゃうんだ。

悲しいよね、男の子は。

だから必死に鼻をほじくるニッキーと、トイレのドアを開けたまま用足しをする佳郎の映像をとっさに思い描いた。

すると、気持ちに余裕ができたのか、次いで言葉が飛び出した。

「てめえ、いい加減にしろよ、マジでーーーーっ！」

渾身《こんしん》の力で、僕のちんちんをべろべろやってる大川さんを思い切り蹴飛ばした。

鎖骨《さこつ》のあたり（そんな華奢《きゃしゃ》なモノがあれば、の話だけど）を蹴飛ばされた大川さんは、見事にテーブルの向こう側に吹っ飛んで、僕はその隙に焦って起き上がろうとしたために、左肩をベッドの足に思い切り強打した。

一度発声してしまえば後は簡単に声が出た。

「いい加減にしろよなっ！」

急いで立ち上がると情けなくずり下がったパンツと半パンを引き上げて、めくれ上がったTシャツを下ろして、脇に置いていたインド綿のずた袋を取り上げた。

玄関で悪臭を放つスニーカーを履いてドアノブに手をかけているのに、なかなかスニーカーは僕の足を収めてくれず、それがさらに焦燥を煽って最高の悪循環。

蹴りで吹っ飛んだはずの大川さんは玄関先でもたもた慌ててる僕の半パンのポケットにアルミホイルの包みを押し込み、僕は泣きたい気分でつんのめりながら表へ飛び出した。

アパートの前のキャベツ畑を眺めながら僕はちょっと考えてみた。

デブでブスな大川さんが、どうしてあんな大胆な行動に出たのか。

いったいぜんたい、なんだって、僕にそんな激しい感情を持つようになったのか。

僕はときどきバイト先のライブハウスでギターをプレイすることがある。友達のバンドのヘルプ、レコーディングのサイドギター、突然ステージから呼ばれて飛び入りでプレイするとか。

理由はいろいろだ。

取り立てて云うほどの特徴もセックスアピールも無い僕だけど、ギターをプレイしている時は絶対的な自信があるんだ、実際の話。

誰にも負けない。誰よりもかっこいい、誰よりも上手い。

あはは、ホントだよ。

ガンジャもケミカルも好きだよ、大好き。

でもね、それ以上にギターが好きなんだ。

カレンは云う。

「1番好きなのは？　2番目は？　3番目は？」

「1にギター2にギター、3、4がなくて5に麻薬」

本音はね、そういうこと。

しかし、僕は常々思っているんだけど、「麻薬」っていう呼び方もすごいよね。

「アサのクスリ」って云えば身体に良さそうだよ。なんかスペアミントみたいな感じがしない？全然身体に悪そうじゃないよね。

処方箋でもらえそうだと思わない？

で、さっきの話の続き。

僕だって少しは大人だから、いくつかの物事には建前も用意してあったりするわけだ。

で、僕とカレンの平和のために、

「1にカレン、2にカレン。3は薬物、4がギター」

って答えることにしている。

ま、処世術ってやつだよ。

ライブハウスでのバイト中に、何度か僕のギタープレイを見ていたはずの大川さん。

僕のギタープレイにしびれちゃったのかな?

なぁんてね。

やばいよなあ、あんなのに好かれたってさあ、いいことないぜ。

身の程をよく知ったうえで僕に貢《みつ》いでくれればよかったのに。

ポケットの中のアルミホイルを指先で触りながら、女性のことをよく知らない身勝手な僕は（謙虚だよなあ、大人だぜ！）、そんな罰当たりなことを考えていた。

11

毎週金曜の昼過ぎは渋谷でカレンと待ち合わせ。

場所は宇田川交番横のファンタジア。

僕はタイプスリーを渋谷スタジオのちょっと先のほうへ路駐して、タワレコ、シスコ、を押さえて何軒か中古レコード屋をのぞいてからファンタジアへ向かう。

懐《ふところ》と折り合いがつけば何枚かのレコードやCDを買うこともあるけど、その日は僕が持ってるジミヘンのアナログ版スマッシュヒッツが5万5千円で売られているのを発見した。

すげえ、5万5千円!!

にわかに僕は自分がすごい金持ちになった気分だった。

インターナショナルスクールの制服を着たままのカレンはコスプレしたアイドルみたいで、っていうのもイージーだけど、ま、とにかく、夢のように可愛くて、周りから空気ごと浮き上がっている。

そのカレンは粗大ゴミ業者が引き揚げるのを忘れてしまったであろうオールドタイプの〝テトリス〟を、ファンタジアの片隅でひとり大興奮しながらプレイしていた。

そしてそれをいったいどんな心理からなのか、壁際に押しつけられたテーブルゲームに向かう、カレンの後ろ姿を一歩下がって取り囲む野郎たちのギャラリーが二重になっている。

誰も彼女のゲームを見ていない。

水族館で生まれ育ったイルカが初めて野生の雌イルカを目にしたように、本能と行動がまったくともなっていない悲しい雄のイルカたち。

カレンの太股や後頭部を眺めて、静かに、しかし内心では激しく欲情しているのか？

そんなギャラリー越しに声をかける。

「カレン！」

ギャラリーが一斉に僕のほうを振り向く。

ＹＥＡＨ！

優越・至福のこの瞬間！

ざまあみろ、野郎ども！

この女はオレの彼女なんだぜっ！

ポーカーフェイスを意識しつつ、内心で天下のおれさま態度を決めて僕は得意になる。

「あ、ウーちゃん、ちょっと待ってね！　今、ボーが来たのよ！」

なのに、カレンは振り向きもせずそう叫ぶ。

野郎ども、おまえらは振り返らなくていいんだってば。

前ちゃんが六本木で刺された時、搬送先の病院から連絡を受けて駆けつけた前ちゃんの母親は、前ちゃんの顔を見るなりものすごい剣幕で「この恥知らず！」と云った。

「なんかさ、痴話喧嘩の果て、女に刺されたと思ったらしいんだよね。おれがさ、そんな派手な生活してるわけないって、考えりゃあわかりそうなもんだけど」

前ちゃんはミシュクの革張りソファに横になって、ガンジャの詰まったパイプ片手にそう云った。

実際はあのスペルを間違えて彫ってしまったラスタファリ・マッチョマンに

クラブの入り口付近で鉢合わせちゃって、「おい、てめえ、スペル間違えやがって」といきなり胸ぐらをつかまれて脇腹を刺されたのだった。

もちろん、その場に居合わせた佳郎や彼女のゆりちゃんや他のメンバーたちは、それぞれの保身が最優先だから、一瞬のうちに蜘蛛《くも》の子を散らすように逃げ出した。ま、そりゃそうだよね。誰ひとりとして合法的にぶっ飛んでないんだもん。あはは。

「シャブ入れたばっかだったからすげえ速く走れたんだ」

普段からどんくさいだの、のろまだとか云われてる佳郎は得意そうに云った。


ニッキーが一時的に過激派ベジタリアンのビーガンになった頃、バイクの保険だか、住所変更だか、よく知らないけど、そういった雑務処理が目的で、17歳で出たままになっていた鶴川の実家へ戻ったことがある。

2年ぶりに戻った実家で、長髪に入れ墨だらけの両腕を持つ、見るからに不衛生な長男を、鶴川の地で20年にわたり精肉店を営んでいる、真面目なご両親がなんと云って迎えたのかは知らないんだけど、ともかくニッキーは家に上がり込むなり、「間違ってんだよーっ！」と発作的に大騒ぎを始めた。

何事かと驚いて奥座敷から顔を出したおばあちゃんは、玄関先で叫ぶ薄汚い男をあれだけ可愛がった初孫だとは判別できなかった。

ニッキーはそれに少なからずショックを受けたけれど、冷静に状況説明するにはまだまだ人間ができていない生意気真っ盛りだったから、仕方なく意味不明の大声を、店から飛んできた父親に拳骨をくらうまであげ続けた。

今度はこの不審な人物が孫だとわかったおばあちゃんがショックを受ける番だった。

父親の拳骨で少しだけ気を取り直したニッキーは茶の間に座り、母親が台所で夕飯の支度をするのをぼんやりと眺めていた。

何かを刻む音がやんだかと思うと、「ちょっと、肉、食べないんだね？」と母親が聞いた。

不意に母親に声をかけられたニッキーは、上手く答えることができなかった。

夕飯になって家族が食卓に揃っても、おばあちゃんは仏壇の前でお経を唱え続けていた。

僕の母親、セーコさんは、毎朝『サン・トア・マミー』を大声で歌い上げる。

「♪二人の恋は～　終わったのねぇ～　許してさえ～　くれないあなた～」

出だしが始まれば気持ちのいい1日の始まりで、今日も元気に階段を上がる足音のBGMは天下御免のこしじふぶき。

しかしいったい誰だよ、それ。

そして僕はベッドの中で『ああ、もう朝だよ』と、げっそりと気分が沈む。


母親ってへんな生き物だ。

すごい自信満々の顔して、どう考えてもおかしいことを云ったりやったりしてる。自信満々だから、相手の云うことは聞かないし手も止めない。

挙げ句の果てにヒステリーを起こす。

へん、というより始末が悪い。

君子危うきに近寄らず、だ。

12

高樹町で生まれ育った僕は、時々この街の人混みの中で同級生や、その親だったり、中学の担任だった奴だとかに遭遇することがある。

僕はどちらかというと物静かで大人しい子供だったから、そんなにインパクト強くなかったはずなんだけど、不思議にみんな僕のことをよく覚えている。

きっと名前が覚えやすかったからなんだろうと思う。

そう、僕の名字は「呉《ウー》」っていう。

毎年毎度の新学期、初めての教室で初めての出席を取る時、いつも先生は僕の名前を呼ぶことができなくて、「池田なんとかさん、石川なんとかさん、井上なんとかさん……」と続いていきなり絶句するんだけど、僕はちょっぴり期待して黙っている。

でもいつまで待っても僕の期待に応えてくれる先生は登場せず、「く、くれ？」と云われたところで、失望をため息といっしょに吐き出してから、「ウーです」と自己申告する。

お節介なクラスメイトがいっしょの時は、彼らは待ってました！　とばかりに「ウーでーす！　ウーです！」と、はやし立てるような声をあげた。

なんでかわからないけれど、小さい頃はそれが恥ずかしくてたまらなかった。


「ウーちゃん！」

かけられた声に振り返ってみると、いつもそこには見知らぬ人が笑顔で立ってて、『誰だったかなあ？　わっかんないなあ』って考える頭とは裏腹な笑顔で「よお」なんて片手をあげちゃうから、「何してんだよ、最近」って聞かれて、「いやあ、アシッド食いすぎちゃってさ、ちょっと疲労困憊《こんぱい》気味なんだよね」なんて返せるわけないから、「バイトやってバンドやってあとは寝てる」って、つまんない近況報告することが多いんだけど、地元で会うってことは23歳にもなって自宅に住んでる身分だからさ、大抵はそれ以上お互いに詮索《せんさく》はしないよね。そうするとさ、さて、困った。もう話すことが無い。

そこで、僕は社交辞令でその場を締める。

「今度さ、ライブやるから来てよ」

「わかった、今度電話する。自宅変わってないよね？」

「うん、だいじょうぶ」

こういうのでホントに電話してきた中学の同級生が佳郎だった。

「もしもし？　ウーちゃん、ですか？」

「……はい」

「寝てましたか？」

「……寝ています」

「僕、ヨシオ、ヨシロウです、ヨシロー」

「……はい……」

「きのう、星条旗通りで会ったの覚えてる?」

寝ています、って云ってんだろ、気ィ遣えよ、まったく。内心で悪態をつきつつ目を開けると時計は午前10時20分で、今の自分に可能な限りの高速回転で頭を動かし一通りのおさらいをすると、今朝僕は8時半過ぎに帰宅して、誰もいない家でシャワーを浴びて、猫と遊んでから、多分弟のモノだと思われる冷蔵庫のドクターペッパーを一気飲みして、ほんの30分前にベッドに入ったばかりだった。

いつもは部屋の出入り口付近でガラクタの下敷きになっている電話が、今日に限って枕元にあったから、100%無視していい電話だったにもかかわらず、受話器を取り上げてしまったんだ。

まったく、まったく、まったく!!!

「……ああ、ヨシロウ?」

「そう、ヨシロー」

「な、なに?」

「あのさ、今日遊ばない？」

「……いいけどさ、……バイトがあるから夜中の1時頃にならないと駄目だよ」

「ああ、いい、いい、1時過ぎで超オーケー。バイト先に電話すればいい？」

「ケータイの番号教えるから、1時頃かけてよ」

こんな会話をしたらしいんだけど、あいにく僕は一言も覚えていない。


1時10分に大江戸線の六本木駅前で、先に到着してた佳郎は僕を見るなり、

「その入れ墨いいね！」と云い、矢継ぎ早に続けた。

「おれも入れたいんだけど、ウーちゃん誰に入れてもらったの？」

「友達がさ、彫り師なんだよ」

「マジで？　紹介してくれないかな、その彫り師」

「いいよ」

「いくらくらいで入れてくれんのかなあ」

「わかんないけどさあ、相談してみたらいいんじゃないの？」

「金はないんだよ、コークなら今あるんだけどさ」

「え？　そうなの？　だったらそれでいいと思うよ。なんの問題もない、ない。無問題《モウマンタイ》」

「ホントに？」

「ホントに」


ニコニコ嬉しそうな佳郎のために、前ちゃんがスペル間違えちゃったことがあるっていうのは云わずに、僕は携帯を耳に押しつける。街の喧噪《けんそう》で呼び出し音がよく聞こえないのに、スーパーハイテンションな前ちゃんのご機嫌シャウトが唐突《とうとつ》に聞こえてきた。

「いいから、来い、って。な、ウーちゃん、来ればわかるから」


で、その夜のうちに佳郎は０・２グラムほどの覚醒剤と、ほんのちょっとのクラックでハイになってた前ちゃんに、やけに目付きの悪いミッキーマウスを左の二の腕に入れてもらい、佳郎の持ってたコークのおかげで僕とニッキーも、みんな揃ってハイになった。

以後、プー太郎でヒモの佳郎んちから徒歩1分のところに適当な広さの公園があって、佳郎んちに泊まった、というか、一晩をぶっ飛んで明かしてしまった翌朝は、そこでスケートボードを滑るのが通例になった。

そういうわけで頻繁にこの公園へ顔を出すようになった僕たちだけど、やっぱり毎日通う暇人・佳郎は、さすがに顔見知りもたくさんいて、子連れのママたちやゴミ箱清掃員のおじさんたちとも挨拶をするような仲だった。

朝からきっちり、それでいてナチュラル・メイクをした、落ち度なんてひとつもない完璧・川原亜矢子風外見のママたちから、「よっちゃん、おはよう！」なんて云われてるのは相当に笑えちゃうよね。

——あはは、よっちゃんだって!!——

僕はお腹の中でひとり笑う。

「おれは子供好きだからね、ママたちも警戒しないのよ」

佳郎はそう云うとミッキーマウスの入れ墨を引っ張って、

「やあ、みんな、僕ミッキー！」と、妙なファルセットで子供たちにサービスする。

——よくわかんないけど、悪い人じゃないわよね？　ね？——

ママたちはそういう会話を視線で交わす。

午前中の公園へ毎日やってくる得体の知れない佳郎は、確かに警戒はされてはいないようだけど、だからといって特に受け入れられてる、ってわけでもなさそうだった。

だからこそ、なおさら僕はママたちのグッド・ファーストインプレッションを獲得する必要がある。

そこで、僕は「おはようございます、僕ウーちゃんです」と、笑顔付きの礼儀正しい挨拶をした。


午前11時の公園は幼稚園入園前のほんの小さな子供たちと、ママたちだけで、のんべんだらりのまったり感。

アクションばかりが派手で、たいして上手いとは云えない佳郎のスケートをベンチで眺めながらポケットに手を入れるとスピードのパッケージが指先に触った。

空っぽの袋を捨てずにもう一度封をして取っといたのは、あとで今のが切れた時、分解した袋を歯茎や舌先にこすりつけて、この中に入っていた結晶を思い出すためで、まあ、これは云ってみれば貧乏ジャンキーの知恵袋、と云おうか、悪あがきと云おうか。

そんなのを取っておくのは正真正銘のジャンキーだけだ。

ママたちは皆、のんびりおしゃべりしているように見えて、視線の先には我が子の姿が釘付けで、子供たちはママに見られている安心感か、煩わしさか、それとも確信犯的にからかっているのか、頻繁にトラブルを起こしてはママを自分のもとへ走らせる。
ポケットの中の空っぽパッケージを指先でもてあそんでいるとやっぱりもう一度肺いっぱいに魔法の煙をたき込みたくなったけれど、時給850円の僕にストック分のスピードがあるわけもなく、このエンプティ・パックを一刻もはやく開封するのが唯一残された薬物欲求への対策だった。

そう、僕にはもう手持ちのアシッドがひとつもない。
1本のジョイントすらない。
なんだかすごく寂しくてつまんなくて悲しくて情けなくてイヤな感じだ。
今日の分くらい取っておけばよかった、抜くのなんて明日でもいいんだし。
なんで全部やっちゃったんだろう、ホント、僕はバカだ、考えなしだ、大馬鹿野郎だ。
あーあ。どうして僕は自分の〝モノ〟すら十分に用意できないんだろう。
嗚呼《ぁぁ》嗚呼《ぁぁ》嗚呼《ぁぁ》！

突然いろんなネガティブ感情が渦を巻き、頭の中を灰色の嵐が吹き荒れる。いつもの極彩色は吹き飛ばされて、膝ががくがく鳴り出した。

頭の隅だか身体の奥だか、それとも空の上か地面の中で誰かが叫ぶ。

翻弄《ほんろう》されるな！　しっかりつかまれ！


僕も焦った脳で灰色の世界に支配されないように別のことを考える。

なるべく現実的なこと、トリップ関係じゃないことを。


僕はこの時々現れる厄介《やっかい》を、今すぐここに取り出して、その辺のゴミ箱へ放り込んでしまいたかった。

目に映る景色の両脇がどろどろと崩れ始め、僕は消滅しかけの現実にしがみつくためにやみくもに口をぱくぱくさせる。

脳に届くフレッシュな酸素と耳に届く自分の声で、我と現実を取り戻せる可能性があるからだった。

僕は必死になって声帯部分へ意識を集める。

はやく何かを云わなくちゃ、言葉を耳へ届けるんだ！


日常的に時間に疎い僕だけど、それでもやっぱりバイトの時間だけはできる限り押さえてる。

今日はバイト何時からだったかな？


「そろそろ帰らなくちゃ」

無意識のうちにそんなことを気にしているらしく、口をついて出たのは限りなく現実的な台詞《せりふ》だった。

僕は再び何も考えずに言葉をつなぐ。

「どこへ帰ろうかな」


僕をまとめるそれぞれのパーツが勝手なことを始めているのは、抑えきれないバッドトリップの前兆だった。

そして幕が上がりきったその途端、溢《あふ》れる寸前だった僕のネガティブは音を立てて転がって、一滴残らず僕の上に降りかかった。

土砂降りのネガティブは肩をつたい、腕を流れ、指先から細い滝を作って地面へ落ちる。

そしてあっという間に鼻の頭が熱くなり、喉《のど》の奥から鼻水が押し寄せて、眼球を押し上げるように、容赦の無い大量の涙がぼろぼろと溢れて流れ出した。

ウエルカム　トゥ　バッド　トリップ。

灰色の嵐はますます勢いを増し、ぼんやり間抜けなことを云ってる間に、そこへのみ込まれるのは簡単だった。

残りわずかな僕の正気が現実へ戻れと大声で警告する。

はやく、午前中の公園へ入り込め！

こんなところでバッドになってる暇は無かった。

くらくらする頭を持ち上げて、Tシャツの裾《すそ》で顔をゴシゴシこすると、僕は立ち上がってトイレへ向かう。

この公園の、まさにこのトイレで、一カ月ほど前におばあさんが首を吊って死んでいた。

それは夜中から降り始めた春先のドカ雪があたり一面を真っ白に包み込み、ふくらみ始めた桜のつぼみも再び身を堅く締め直すような、そんな朝のことだった。

第一発見者は朝はやく用足しに入ったホームレスで、数人の警官が現場検証をしている間、彼は事情聴取を受け、「御礼」だか「寸志」としてファミマの焼き肉弁当とダイドーブレンド缶コーヒーを受け取り、そもそもの用事であった小用を交番内のトイレで済ませて、昼前にはベンチに座って弁当を食べ終えた。

空になった弁当箱をつつき回しているところへ、その日初めての来園者がやってきた。

佳郎だった。

佳郎は夜中から雪が降っているのを知っていた。

ただそのときはLSDのやり始めだったから、『ゆきだ、ゆきだ』と思いながらも、いつもの幻想朋友が見せるカーテン上での卑猥《ひわい》なダンスから目を離すことができなかった。

カーテンとゆらめくろうそくの灯りは、幻想朋友を包んで佳郎にまとわりついた。

それがおもしろくてたまらなかった。

雪は気になるけど仕方がない、このサンダンスが終わるまで外へ出るのはお預けだ。

そう決心してから10時間後、ようやく佳郎は表へ出た。

あんときさあ、公園行くのがあと2時間くらい早かったら、おれ超バッドだったよ。だって、すげえたくさん警察いたんだぜ。マジよかったよ、10時に出てさあ。あっちゃんもビックリしたって云ってたもん。寒くてちぢこまってたちんちんが、目線とおんなじ高さにある両足見たら、余計にちぢんじゃったってさ。

ホントだよなあ、いきなり首吊りじゃなあ。

なんか、やだよなあ。

あっちゃん、っていうのは、その第一発見者のホームレスのことで、ヒモでプーでジャンキーの佳郎は公園ママだけじゃなく、そういったアウトカーストなところにもたくさんの人脈を持っていた。

その首を吊ったおばあさんは佳郎のマンションの3軒隣の住人で、もちろん、僕はなんの面識もないんだけど、おばあさんの家の庭には立派な枇杷《びわ》と杏《あんず》の木があって、佳郎のとこへ遊びに来た時は、当然のように僕は枇杷の木の下にタイプスリーを停め、いっぱいいいっぱいに幅寄せしすぎて、時々サイドミラーで黒い板壁をキズつけては、「あ、すいません」と心の中でつぶやいていた。

だって、佳郎んちのマンションの煉瓦塀《れんがべい》にピッタリ寄せて2時間タイプスリーを停めただけでフロントガラスに「無法者!」って書かれたスーパーのチラシを挟まれたんだよ。

ねえ、無法者っていうのはひどすぎると思わない?

僕ははっきり云って2、3日は笑えなかったよ。

真剣に悲しかった。

だから僕は佳郎んちへ来た時には必ずそこへ車を停め、おまけに夏になって枇杷がたわわになった暁《あかつき》には少しばかり失敬しよう、なんてことまで考えていたんだ。

僕は会ったこともないおばあさんだったけど、彼女に対してとても申し訳ない気持ちになった。

タイプスリーを違法駐車している家に住む一人暮らしのおばあさんが、3日にいっぺんは必ずやってくる僕の車に心を痛めてひとり悩んでいたわけじゃない、なんて、いったい誰に証明できるだろう。

おばあさんの首吊りの原因の一端が、僕の違法駐車じゃないなんて、いったい誰に云い切ることができるだろう。

自分でも驚くほどおばあさんの首吊り事件に僕は落ち込み、今まで自分のしてきたことと、できるのにしないで放置してあること、を激しく後悔した。

分解して1枚のセロファンになった元パッケージを前歯の歯茎にこすりつけている間中、天井から恨めしげな視線を感じたけれど、僕はそれを無視して表へ出た。

そろそろバイトの時間だった。

佳郎の彼女のゆりちゃんは、僕の周りにいる人間の中で唯一の社会人だった。とはいっても、9時5時の会社勤めじゃなくて、6時から深夜2時まで働くホステスのお姉さんだ。

赤坂の、なんとか、っていう高級クラブのチーママで、盆暮れ正月には着物を着て店に出る。僕や佳郎の7歳年上で、今年の10月で30歳になるって話だ。

昼過ぎに起きて、佳郎のいれるコーヒーを飲み、佳郎に質問したり、佳郎の世間話に相づちを打ったり、今夜の予定を佳郎に聞かせる。

今日は誰それと同伴だ、とか、今夜は店の後みんなで遊びに行くから帰りは朝になる、とか、店が終わったら電話する、とか、そんなことだ。

彼女が家を出るまでの4、5時間、佳郎は感心するくらいゆりちゃんの忠実なヒモである。簡単なスナックを用意したり、艶々のパンプスをやわらかいネルでぬぐったり、クリーニングから戻った衣類の仕訳タグを外してクローゼットにしまったり、ワンセット15万円っていう矯正下着を丁寧に手洗いして陰干しする。


ゆりちゃんが眠っている午前中に佳郎を襲撃したことがある。

麻布のクラブでオールナイトの幻覚と幻聴を楽しんだ僕らは、勢い衰えぬままタイプスリーに乗り込んで、ミシュクへ向かうつもりが、勢いあまって三軒茶屋までアクセルを踏んでしまったのだ。

その頃はまだ佳郎と仲良くなったばかりで、佳郎とゆりちゃんの〝事情〟みたいなモノに無知だった。

今だったらあんなやばいこと絶対にしないよ、誓ってもいい。


マンションの階段を3階まで一気に駆け上がり、ドアチャイムを狂ったように押しまくり、ドアを連打しながら隙間に口を押しつけて佳郎を呼んだ。

開かれたドアの向こうに顔面硬直の佳郎が立っていた。

「ちょっと待ってて」

でかい絵の掛かった3畳くらいある玄関で、僕たちは状況がのみ込めないまま興奮してゲラゲラ笑っていたんだけど、奥からひたひたと忍び寄る不穏な空気に足首を捕まれて、怯えながら口を閉ざし、聞き耳を立てることになった。

「友達を何人呼んでここの部屋で何をやっても構わない。ベッドの上で飛び跳ねようと、覚醒剤を注射しようと、乱交パーティーをやろうと、そんなことはちっとも構わない。ただ、睡眠を邪魔するのは許さない。いい!?　今後そのルールを破ったら即刻解雇よっ！」

「解雇」というのに僕らは驚き、そうか、ヒモというのも一種の職業だったんだな、ってそのとき初めて知ることになった。

そうしてみると、〝プーの佳郎〟という認識を変えなくちゃならない。

佳郎はしっかり職に就いているのだ。

そういったわけで、佳郎は3LDKのあんな広いマンションに住んでいるのに、ゆりちゃんが眠っている午前中は必ず公園でスケートボードをやっている。そして彼女が休みの週末は、僕らと遊ばずにゆりちゃんといっしょに過ごしていた。

佳郎はかなりヒモに向いた人間なんだろうと思う。

奴は雇われ人としてではなく、精一杯ゆりちゃんを大切にしているように見えた。

僕にはそれがとても心地好かった。


もちろん僕らはゆりちゃんのことが好きだけど、やっぱり年上だし、ちょっと気を遣うっていうか、水商売とはいえ、ちゃんと働いていろんな名前の税金みたいなモノを払ってるし、ゆりちゃんは別格、ちょっと違う世界の人、だと思って接しているようなところがあった。だって彼女、大人じゃん。

23歳を目前に控えた僕にとって、30歳間近の29歳の水商売のお姉さんなんて、まさにアウタースペースの存在。

何考えてるのかさっぱりだよね、ほんと。

「あら、ウーちゃん、いらっしゃい」

なんて、出がけのゆりちゃんに挨拶されると、つい緊張しちゃうもん。

みんなはどうなのかな?

13

さて、と。

今日で4日が経過した。

驚くべきことに、96時間もの間、僕はクリーンだった。

超驚異的感動的奇跡的圧巻的事実！！！


3世の僕は自分のルーツである北京《ペキン》語をひとつも知らない。

父は生粋《きっすい》の中国人だったけれど、日本人の妻をめとって以来、北京語を話さなくなった。

なぜかは知らない。

祖父母は確かに北京語で会話していたような記憶があるけれど、よく覚えていない。

誰も僕に北京語を伝えようという意志は無かったらしい。

だから、僕は時々北京語的発想で文字遊びをする。

自分の気持ちを口に出すのは不得手《ふえて》だけど、文字に起こすのはわりと好きだから。

で、96時間のクリーン期間の心境を文字にすると、

「超驚異的感動的奇跡的圧巻的事実！！！」となる。

これじゃあ北京語っていうより広東語《カントン》的なんじゃないかと思ったりもするけれど、詳しいことは何ひとつわからない。

いつか中国へ行ってみたい、北京語を習ってみたい、できれば広東語、もちろん英語も。

そしてあの呉家の運命を変えた、日本頭脳士官夫婦に会ってみたい……。

僕にはやりたいことがたくさんある。

でもやらない。

できないわけじゃないのにやらないでいる。

すごく不思議だ。

なんでだろう。


で、ちょっとの間、ちょっとしたモノをやめてみることにした。

一番手っ取りばやくできる、〝チャレンジ〟のような気がしたからだ。

そして96時間が経過した。

給料日前だったから何かを買う金もなくて、時期的には丁度良かった。

何度か携帯が鳴ったけど、そのまま放り投げて無視してやり過ごしてみたら、特に不自由を感じなかった。だからそのままその辺に放り出しておいた。

23歳の誕生日を明後日に控えて、僕は何かひとつでいいから自分にできることを自分自身に証明してみせたかった。

できることと、だらだらとやり続けてできるのにやらないでいることを、そのままにしておくのはなんだかたまらないような気がしたからだ。

僕は何ができて、何がしたくて、何をしようとしているんだろう。


別に質の悪い合成ドラッグをやったわけじゃない。

僕だってたまにはいろんなことを考えてみるんだ。

あんまり知られていない事実だけどさ。


たかだか96時間のクリーン期間でも、ちょっとした達成感があるのは素直に嬉しい。

やればできるじゃん、僕だって！

なんて、得意になったりして。


僕は昔から結構粘り強くて根気があるんだ。

長期休みの前になると押しつけられる、一方的な成績表の〝総合評価欄〟にはいつだってそう書かれていた。

「とりかかりは遅いものの、一旦とりかかると驚くほどの粘り強さと根気で物事をやり通します」

なかなかいい評価、だよね？

学業の成績に自信を持てない僕にとってそれは最後の砦《とりで》、救いの言葉だった。

僕は成績表を受け取ると真っ先にその欄を見るようになった。数字で評価される他の欄には、特筆すべきことは何も記されていなかったからだ。

一旦本気になったら、僕はそれをきっちり最後までやり遂げることができるんだ。

その評価はそういうわかりやすい自信となって、幼心の根っこになった。

北京語もいつか勉強し始めたら完璧に習得できる。

その言葉を操《あやつ》って、有意義な中国旅行ができるだろう。

名前もその後の消息もわからない、日本人頭脳士官夫婦にも感激の対面ができる。

イエーイ！

ブラボー、僕の人生！

久しぶりにご飯が食べたいな。

健康的な空腹を感じて僕は階下へ下りていく。

冷蔵庫を開けてタマゴとベーコンを取り出して、ベーコンエッグを作る。

ガスコンロを使うのなんて何年ぶりだろう。

もしかしたら中学校の調理実習以来かもしれない。

トーストした食パンにベーコンエッグをのせて立ったままかぶりつく。

牛乳をグラスに一杯一気に飲み干して、僕はそのまま眠りについた。


「ちょっと、何やってるのよ」

誰かが肩をつつく。

「起きなさいよ、こんなところで、ちょっと!」

意識は瞼の裏側に集まっているのに、どうしてもそれを押し上げることができず、口だけが動く。

「……うううう……なんじ?」

「5時半よ、寝るんなら自分の部屋で寝てくれない？　もうすぐみんな帰ってくるし、食事の用意がしたいのよ、わかる？」

「……ううむ……わか……る」

「じゃあ、ほら、起きてよ！」

セーコさんが僕のブリーフ1枚のお尻をぴしゃぴしゃ叩く。

半分眠ったままの状態でソファから起き上がり、朦朧《もうろう》としたまま階段を上がり、どうにかこうにか部屋へ戻るとそのままベッドにダイビング。

僕は、翌日午前10時半まで一度も起きずに眠り続けた。

僕が昏睡状態的爆睡眠的モード中、カレンは白目を剥いて口からヨダレを流し泡を吹き、生死の境をさまよっていた。

その日カレンは午後の授業をサボって、クラスメイトのジャネットといっしょに渋谷で買い物をしたりテトリスをやって、ジャネット持参のＬＳＤとカレン持参のクラックを呆れるほど体内に押し込んでいた。

カレンの具合が悪くなったのは午後10時を回った頃で、六本木へ行ってみようか、とふたりで話しながらセンター街を歩いている時だった。

素っ頓狂な奇声をあげていたカレンは突然その場に座り込み、つられて発作的な大笑いをしていたジャネットをさらにバカ笑いさせた。

ジャネットはしばらくカレンの異変に気づかず、空を見上げて夜空を覆う渋谷のネオンにクレイジーな幻想朋友を探していた。読めない漢字、意味をなさない英文字、仏文字、日本人にしかわからないローマ字、あらゆる看板たちがジャネットの頭上でまたたいていた。

「カレン、どうしたのお？　立ってよお」

ジャネットの呼びかけにカレンはなんの反応も示さない。

「ねえ、どうするぅ？　カレン、タクシー乗るぅ？」

のぞき込んだカレンは、『パルプ・フィクション』のユマ・サーマンが、ジョン・トラボルタの持ってたコークを過剰吸引した時みたいな顔をしていた。

鼻水と涙を流し、口から泡を吹いている。

センター街入り口のスターバックスの看板は見えているのに、カレンと同じくらいケミカルを詰め込んでいるジャネットは、そこまでカレンを支えてたどり着ける自信が無かった。

他のジャンキー同様に、ジャネットも自分で自分を支えるのがやっとなのだ。

仕方なくジャネットはすれ違うたくさんの人間の中で、酔っぱらっていなさそうな男性に声をかけた。

「ねえ、ちょっと、助けてくれる」

親切な素面の男性にタクシーを拾ってもらって、ジャネットはとりあえずカレンを自宅へ連れて帰ることにした。

ジャネットの両親は大使館のパーティーに出席して深夜過ぎまで留守のはずだった。

ジャネットは瀬戸物の招き猫の根付けがついたカレンの携帯で僕に何度も電話をかけた。

だけど僕の電話は電波の届かない場所へ行ってるのか、電源が入っていないためか、呼び出し音さえしなかった。

ジャネットのベッドに横になったカレンは、ぱっちり開いた両目からぼろぼろと涙を流し始めた。

身体が動かないだけで意識はちゃんとあるらしかったけれど、ジャネットは不安で不安でたまらなかったから、何を話しかければいいのかわからなくて、タオルを絞り、それをカレンの額にのせて手を握った。

カレンの顔は涙と鼻水とよだれでぐしゃぐしゃで、身体中が痙攣《けいれん》してガタガタ震え、時々大きく波打って、腹筋だけが別の生き物のようにぴくぴくと小刻みに動いた。

どう贔屓目《ひいきめ》に見てもカレンはこのまま死んでしまいそうだった。

同じ量だけドラッグをやってどこで生死がわかれてしまったのか、ジャネットは不思議だった。

生きる人間と死せる人間の違いはなんなんだろう。

ショック状態になっているのか、あんなにクラックをやったのに、今やジャネットはすっかり素面だった。

本当は素面じゃないのかもしれないけれど、18歳でドラッグで死ぬなんて、すごくダサイ！

冴《さ》えた頭でそう思った。

おそらく、カレンは１０９のトイレでクラックを少し余分に入れすぎたのだ。

『パルプ・フィクション』のユマ演じるミアは、注射針を突き立てた途端起き上がって正気になった。

カレンは何をすれば正気を取り戻すのか？

どれくらいカレンの手を握っていただろう。

気がつくと、カレンは静かな寝息を立てていた。

14

10時15分に起きた時は気分爽快だった。

こんなのは初めてだ。

僕はあまりの気分の良さに、5日間抜いただけでこんなに素晴らしい気分になれるんですよ、ってことを誰かに教えたくてたまらなくなった。

電話、電話、どこ置いたかな……。

探しても見つからない。

携帯をなくすのは得意だけど、何も今なくなることないじゃないか。

僕はベッドから飛び起きると、久しぶりに朝立ちしているちんちんを世界中に向けて見せびらかしたい気持ちだった。

今日は土曜日。特になんの予定もない。

バイトもないしカレンとの約束もない。

どうしようかな。


とりあえずギターを弾こう。


僕は居間のソファにブリーフ1枚で腰掛けて、お気に入りのフェンダーを抱えてジミヘンの『スパニッシュ・キャッスル・マジック』を弾き始める。

なかなか元気でご機嫌な選曲だ。


気分良く1曲演奏し終わったら条件反射で『ウェイト・アンティル・トゥモロウ』を弾き始める。これは僕の頭の中における『スパニッシュ・キャッスル・マジック』のフォーマットがエクスピリエンスのレコード順になっているからなんだ。

よし、じゃあ、部屋へ戻ってレコードに合わせよう！

勢いをつけてソファから飛び上がって1段抜かしに階段を駆け上がると、どこかで僕の携帯が鳴っている。

どこだ、どこだ、どこだ、どこだ！

部屋中を探したくても部屋全体がゴミ箱状態のこの有り様じゃあどう考えてもお手上げだった。

こんなに気分がいいんだ、せっかくだから僕を呼び出している君と話がしたいよ！

どこだ、どこだ、僕の携帯はどこへ行ったんだ。

しかし僕が話したい君は待ちくたびれて電話を切ってしまった。

足元の雑誌を爪先で蹴飛ばすと電話のコードを発見。

コードをたぐり寄せて電話本体を確保。

自分の携帯にかけて受話器と本体をその辺に放り出す。

携帯が再び僕を呼ぶ。

さあ、出てこい、僕の携帯！
携帯はテレビと壁の隙間に巣くう様々な色のコードの網にひっかかっていた。
いつものくせで、「はい」と電話に出てしまってひとり苦笑い。
間違えた。
これは僕がボクを呼んでたんだ。
電話のほうも受話器を本体へ戻してから雑誌の上に置いてやる。
よし、これでもうだいじょうぶ。

さてと。

携帯には着信が山のように入っていた。
すげえ、僕って人気者！！　なんてにやけたのもつかの間、それはすべてカレンからの着信だった。

僕はさっそくカレンにコールバックする。

「あ、ウーちゃん！　もう大変だったのぉ、カレン死にそうだった〜」

「え、何？　死にそうって、何が？」

「なんかあ、へんなの買っちゃったみたいで、カレンきのうの夜はジャネットと大変だったのよ」

「うそ、だいじょうぶ？」

「だいじょうぶ、だいじょうぶ。ウーちゃんが迎えに来てくれたら元気になるの」

いつもならふたつ返事の僕だけど、ちょっと今日は考えた。

クリーンな身体で今日はオフ。

んーーーーーーーーーっと、どうしようかな。

「もしもし？　ウーちゃん？」

「ああ、もしもし、わかった、行く行く。今どこ？」

「おうち。カレンの部屋」

「オーケー30分で行けるよ、多分。着いたら電話する」

受話器を肩と耳で挟みながら、カーゴパンツを自分でじゃきじゃき切った半パンを穿《は》いて靴下を探す。

「あのさ、ウーちゃん、きのうはどこへ行ってたの？」

声のトーンが少し落ちている。

「ああ、それはさ、あとで話すよ。どこにも行ってないよ、家にいたんだ」

「……そう」

ベランダに出ると、運良く僕の靴下が（弟のかもしれない）干してある。

乾いているのを確認してから、それを外してその場に座って急いで履く。

「ウーちゃん、カレンのこと好き？」

「好きだよ、好き好き」

「愛してる？」

「愛してるよ、すげえ愛してる」

「ホントに？　一番好き？」

「ホントだよ、一番好きで愛してるよ」

「ホントにぃ？　うふふ。どんなに愛してるか教えて」

「あー、もー、あとで会うんだからいいじゃん！」

カッとなって僕は電話を切った。

アシッドをやってるわけでもないのに苛々している。

なぜだ？

アシッドの切れ際に苛々したりするのはわかるけど、どうしてなんにもなしで苛々？

大人しくて、目立たなくて、静かで、温厚な僕のはずなのに。

１２０時間もクリーンなはずなのに。


僕はちょっとばかり不安になった。

23歳の誕生日を明日に控えてナーバスになってるわけじゃない。

別に23歳なんてどうってことない。


おじいちゃんとおばあちゃんが引き揚げ船に乗った時、ふたりとも23歳になったばかりだった。

もしも今、日本が戦争中で、家もなく、国さえなく、しかし守るべき家族があって、亡命しなくちゃならない状況だったら、僕はどうするんだろう。

だいたい僕は誰かと争うことが得意じゃない。

戦争映画は嫌いだし、兄弟喧嘩でだって手は出さない。

高校生の頃、夜遊び仲間だったトゥアっていうタイ人の友達が、徴兵されたから、って帰国したことがあったけど、そのときだって〝徴兵〟の意味さえ知らなかった。

僕も周りの友達にとっても、戦争なんていうのはテレビの中継や新聞の見出しや地下鉄の中吊り広告で眺める、自分たちとはまったく無関係の、世界のどこかでやってる大騒ぎにすぎない。

車を発進させたところで携帯が鳴った。

「はい」

さっきの気分を引きずってるせいか自分でも驚くほど無愛想な声だった。

「あ、ウーちゃん？　おれ、おれ、秋川です」

面食らったようなニッキーにお詫びを含めていつもよりトーンを上げて陽気に応える。

「あっ、ニッキー、なに、なに？」

ウインカーを左に出して日赤通りに入る。


さっきまであんなに晴れていたのに急に空が暗くなったと思ったらポツポツと雨が降ってきた。わあ、やだなあ。この間からなぜかワイパーが動かないんだ。

直そう、直そう、と思ってて、すっかり忘れてた。

ちぇっ、なんで今降るかなぁ、雨。

「あのさ、ちょっと今日来れる？」

「え？　今日？　いいよ、多分行けると思う。今さ、カレン迎えに行くから、運転中。夜でいい？」

「じゃあさ、金持ってきなよ」

「金」の一言で、ぴんとくる。

「わかった、今は持ってないけど持っていく」

なんて強気発言できたのは、今日が26日だったから。

僕が昏睡《こんすい》してたきのうのうちにバイト代が振り込まれているはずだった。

僕は右折を取りやめてウインカーを左に出すと、渋滞が始まる前の六本木通りに入り、どこが一番近い銀行か高速回転で考える。

これだもん、一人暮らしなんてできるわけがない。

15

ミシュクに到着すると玄関には僕のと同じくらいか、それ以上にひどい状態のスニーカーが山積みになっていた。

「お、ウーちゃん来たねえ」

「来たよお、楽しそうじゃない。何買うの？」

「えーとね、チョコ。チョコ買うんだよ」

「へえ、珍しいね」

チョコっていうのは、いわゆる〝ガンジャの樹脂を固めたモノ〟で、チョコレート色の練り消しみたいな見た目だから〝チョコ〟って呼ばれている。

ガンジャより経済的だけど、シャブよりは不経済だな。

人によっちゃあ腹減りモードになっちゃうし。

これやると太るのよねえ、って女の子はよく云う。

僕をはじめとする〝ミシュク〟に集まる奴らは、腹減りモードになっても食料を調達する金が無いから、腹が減ってもジッと我慢するか、何かほかのことをして気を紛らわすから、別に太ったりしない。

ガンジャより重たい効き目がマットで良し。

結構人気がある。シャブで疲れた身体に効力発揮。すご～くリラックスできる。

僕は個人的に、

――続けざまのアシッド切れ際の疲労時に、チョコを一服するコース――が一番好き。

すごい贅沢な感じがするんだ。

あはは、なんか馬鹿みたいだけど。

ただ入手困難品薄商品だから、〝買える！〟って時に買っとかないと、次回はなかなかやってこない。

で、今日がその〝買える！〟日だったたってわけ。

「いっこいくら?」

「さんごー」

「じゃあよんこ買うよ」

僕は1万4千円をニッキーに渡してカレンを迎えに行った。


と、いうわけで、120時間に及ぶ僕の体内クリーン期間はこれにて終了。


外に出ると雨足はさらに強まって、僕をバッドにさせた。

ほんと、まじで、今日はワイパー動かないのにさ。


ミシュクから元麻布のカレンちまではどうにかがんばって運転してきたけど、これ以上ワイパーなしでこの雨の中を走行するのはかなり危険だった。

カレンの自宅前から電話する。

「あ、ウーちゃん！　ちょうどよかった！　今ね、ママがいるんだけど、ウーちゃんに会いたいって！」

僕が何か云う前に電話が切れて、運転席側の窓ガラスを黄緑色の傘をさしたカレンが、コツンコツンと人差し指の爪先でノックした。

カレンのママ。

会ったことないけど会うのはいつでもオッケー。

靴下は洗濯済みで清潔、半パンだって割とキレイ。Tシャツの絵柄はちょっとママ向きじゃないけど、ネルシャツを羽織っていればノープロブレム。

唯一の問題はこのスニーカーだ。

ゴミに間違われて捨てられなきゃいいけど。

カレンと手をつないで玄関に入ると、樋口可南子似の、つまりちょっと品のいい、ちゃんとした日本人女性の顔付きのママが立っていた。

「いらっしゃい、あなたがウーちゃんね」

「そうです、呉です」

「いつも話を聞いてるわ。ランチをいっしょにいただきましょう」

カレンママはニコニコしながら奥へ引っ込む。

「だいじょうぶ？　今日は食べられる？」

　僕の耳元でカレンが云う。


カレンの部屋の中はむげん堂の店内みたいにメイド・イン・アジアのありとあらゆる小さな小さな雑貨たちで埋め尽くされている。

　壁にはレニー・クラヴィッツとジャン・ミッシェル・バスキアのポスター、象模様のインドシルクのタペストリー。そしていたるところにキャンドルと香立て。

　ローチェストの上に大きなカガミがあって、それを縁取るようにいろんな写真が貼りつけられ、その中の僕の写真には赤いハートマークと「ＬＯＶ　ＷＵＨ！」と、描き込みがある。ジャネットといっしょのプリクラ、ニッキーと前ちゃんのスケートプレイ中の写真、西麻布のクラブで撮ったポラロイド、あとは知らない顔とカレンの顔。カガミの前にはソニープラザのコスメ売場をそのまま持ってきたかのような大量の化粧品が整理整頓されて並んでいる。

ここ2、3日中にスピードかなんかやったのかな？

じゃなきゃこんだけの小さい雑貨の整理整頓は不可能だ。

ベッドに腰掛けるとカレンが云った。

「きのうはどうしたの？　ジャネットがちっとも連絡取れなかった、って云ってたよ」

「ジャネットが？　なんの用事だったのかな。あのさ、ここ4、5日クリーンアップキャンペーン中で、ずっと抜いてたもんだから、きのうは爆睡モードでさ……」

「え？　クリーンナッ？」

会話の中に英語が入ると、そこだけアメリカ人になるカレンが正しい英語で聞き返す。

彼女が云うとジャネットはジャネッになり、クリーンアップはクリーンナッになる。

「そう、クリーンナッ」

発音に注意しながら云い返す。

「ｗｏｗ！　すごい！　じゃあお腹空いてる？　今」

「空いてる、空いてる。でさ、なんでカレンはきのう死にそうだったの？」

「ファッキンクラッでオーバードスだったの、ジャネットの家で」

「え？　クラック？」

今度は僕が聞き返す番だった。

「クラック、って云った？」

「うん、クラック」

カレンは日本語発音で云い返す。

「クラック、カレンには合わない、多分。もうイヤ。あんなのやらない」

気のせいかもしれないけど今日のカレンは日本語が上手く話せないみたいだった。

だいじょうぶかな？　聞いてるのかな？

こっちが不安になるくらい、いつもより僕の問いかけを理解するのに時間がかかる。

返事をするにもゆっくり話す。

英文をばらして日本語に組み立て直してから口にするのはいつものことだけど、今日はそのプロセスに少し苛つきが見える。


カレンは背も高く、姿勢もボディラインも素晴らしく、顔立ちだって驚くほどキレイだけど、小さな顔面に置かれた大きなふたつの瞳には、なぜか怯えた、緊張状態のような、あたりをうかがうような、神経質で混沌《こんとん》とした陰がいつも薄くかかっている。


若くてキレイな女の子に特有の、鼻につく妙な自信と傲慢《ごうまん》と横柄《おうへい》な態度や雰囲気を、カレンからはまったく感じることができない。

街でカレンとすれ違って、「わあ、すげえ」って振り返っただけの野郎や、羨望や好奇心でジロジロと眺めるだけの女の子や女性たちは、その極端に緊張したような、心身症的に震える陰に気づくことは絶対にない。

でも、自宅でのカレンの目にはそんなモノはひとつも浮かんでいなかった。

自信とエネルギーに溢れて生き生き見える。

昨夜死にそうになってたようには到底見えない。

普段は感じることの無い——若くてキレイな女の子に特有の、鼻につく妙な自信と傲慢と横柄な態度や雰囲気——が、それに代わって顔を出しているようだった。

でもカレンの場合は別に〝鼻につかない〟。

ちょっとへんかもしれないけど、僕はこっちの、今日のカレンのほうが多分本物だと直感したから、〝鼻につく〟より以前に安心した。

よかった、カレンも普通の18歳だ、って思った。

そう、カレンは１００％リラックスしているようだった。

正直云うと、普段のカレンは感情が見えにくくて、時々僕は彼女をセラミックスの人形みたいに感じることが少なくなかった。

今日のカレンはいたって普通で自然でありきたりの女の子だった。

そして思い当たった。

確かジャネットと英語で会話している時のカレンも今のような生身の人間だった。

僕は彼女の瞳にかかる不安な陰の正体が少しだけわかったような気がした。


人と話す時にジッと相手の目をのぞき込んで話すカレンを見つめ返せるのは、英語を話せない友人関係の中ではおそらく僕だけのはずだから、きっと誰もカレンのその瞳に潜《ひそ》む不思議な違和感に気づいていないと思う。


「*I miss you*」

そう云うと、カレンは僕にステキなキスをした。

「大好き、ウーちゃん」

僕はカレンをしっかり抱き寄せた。

カレンがたまらなく愛《いと》おしかった。


チーズとパスタとグリーンサラダのランチ。

テーブルセットをカレンといっしょに手伝っていると、さっきまで寝てた、というカレンのお兄ちゃんがキッチンへ顔を出した。

「*Morning guy!*」

カレンの呼びかけに、お兄ちゃんは顔だけ向けて、

「*Hey Wuh. Wha't up ?*」と云った。

僕はニッコリ笑顔を返す。


こういうとき北京語で云い返せると、ちょっとカッコ良いって思うんだけどね。


「*Mummy no thanxs for lunch. I have to go*」

お兄ちゃんは慌ただしくキッチンを出ていき、カレンは嬉しそうに僕の肩に

頭をのせた。

カレンのお兄ちゃんもまた明らかに外国人の顔だ。

僕とカレンのママが親子っていうほうがよっぽど納得がいく。

白と黄色が混ざってどうして白のほうが強く残るのか？

僕は黄色と黄色だから当然黄色。

絵の具だって白と黄色だったら薄い黄色になるのに。

要は混ざってないんだよね。

どっちかの遺伝子が出て、もう1個の遺伝子が出ないってだけ。

最近は「混血（ＭＩＸ）」と云わないで、「ダブル（Ｗ）」と云うんだそうだ。

六本木のクラブで初めて会った時、カレンは自分のことを「フレンチとジャパンのダブルなの」と云った。

だから僕も、「僕はチャイナとジャパンのダブルなんだよ」と答えた。

「おれはね、そしたら福岡と神奈川のダブルだから」っていう、前ちゃんの意見はこの際無視しても構わないとは思うけど、でも、みんながみんなそんなことを云い出したら、単一民族国家としてやってきたこの極東島国も、もうちょっと愉快な島になるかもしれないよね。

カレンのママは日本語で話し、カレンは驚くほど下手くそな日本語を苛々しながら話していた。そして当然のことながら、僕は日本語しか話せない。

やっぱ北京語勉強しといたほうがいいな、こういうときにハクがつく。

だって僕はダブルなんだから、知識だってダブルじゃなくちゃホントじゃないよね？　なんて、アホなことを考えながらも僕は少々居心地が悪い。

実は思ったほどパスタが喉を通らなくて、しかもカレンのママの話も時々聞こえなくなる。すごく悪い兆候《ちょうこう》だった。

食事に集中できず、覚醒剤の臭いのする汗をだらだらかいているような錯覚にとらわれる。

身体中の細胞がチョコの到来を待ちわびてザワザワと総毛立って仕方がない。

——今はパスタを食べてカレンのママとおしゃべりをする——

頭ではわかっていても、僕の全細胞が駄目だった。

ここへ来る前に、ミシュクへ寄ったのはマズかった。

このランチの後で行くべきだった。

朝起きた時、確かに僕は気分爽快だったけどちょっとしたことで苛々と不機嫌になったことを思い出した。

そうなんだ。

確かにクリーンアップされて脳味噌は気分が良かったかもしれないんだけど、アシッド漬けの細胞にとってそのクリーンアップ中の１２０時間は苦痛以外の何モノでもなかったに違いないんだ。

なんて情けない話。

「一度やったら一生ジャンキー」って云ったのはバロウズだったか？

悔しいけど本当にその通りだ。


全身の細胞は3カ月ごとに入れ替わるという。


アシッド漬けの細胞は3カ月でクリーンな細胞と入れ替わるんだろうか。

そんな都合良くいくとは思えない。

それに、もしも、ホントにそんな都合良く話が進んだとしても、すべての細胞が入れ替わるまでの3カ月間をドラッグなしで生活するのは今の僕にとっては至難《しなん》の業《わざ》だった。


ママを囲むランチタイムの終了後、僕らはワイパーの動かないタイプスリーに乗って本降りの雨の中をミシュクへ向かった。

視界は壊滅的に悪くて危険だったけど、カレンは〝チョコ〟の話ですっかりハイテンションになり、騒ぎ立てる僕の細胞たちも〝チョコ〟に向かっているとわかるだけで少し落ち着いてるみたいだった。

助手席でレッド・ホット・チリペッパーズのカセットテープに合わせて大声を張り上げるカレンの細胞も、ザワザワと浮き足立っているに違いない。

僕らは立派な薬物常習者だった。

16

僕は自宅で接したような、無条件降伏的にリラックスしたカレンをもう一度しっかり抱きしめたかった。

そのためには僕が英語を話せなくちゃいけないと思う。

英語で自身の気持ちを表現するカレンのことを１００％理解できなくちゃならない。

カレンの瞳に潜む、あの、混沌とした不自然な陰は異国で生活する異邦人の警戒心であった。

ネイティブの言葉で自己表現ができない切なさと、異文化を〝ダブル〟の宿命として受け入れなくてはならないジレンマで、カレンは日常的に混乱しているに違いなかった。

その混乱を無条件に受け入れようとする健気《けなげ》な努力が多大なストレスとなって、カレンの顔面からリラックスした豊かな表情と感情を奪っているに違いなかった。


日本国籍を選んでもいいのよ。

ラリッた時に必ずカレンが口にするこの台詞に、どれだけの愛情がこもっているのか、僕は今はっきり理解した。

クリーンな脳味噌も捨てたもんじゃない。

新学期の最初の出欠取りで、先生が「呉」という苗字を読めない時に感じた悲しい気持ちを僕は不意に思い出した。

僕がどうして自分の気持ちを文字にする時に、漢字の羅列で表現したがるのか唐突に理解した。

こんなことは云いたくないけど、多分、僕の祖父母と両親は、少なくとも父親は、僕に北京語と北京の文化と伝統を叩き込むべきだったのだ。日本に根を下ろしたからといって大陸を否定することはなかったんだ。自分の知っていること、背負ってきたモノを3世となる僕に伝え、できれば上海を訪れて先祖の墓参りをさせるべきだった。

知っていれば無視することができる事実も、知らなければ知る権利と、知ろうとする欲求が芽生えてくる。

カレンもフランスを訪れたことがないと云っていた。

おそらく、カレンも自分の遺伝子に組み込まれ、後天的に経験した、言葉と文化と伝統を知りたいと思っている。

そして日本についてももっと詳しい細かい情報とヒントがほしいと思っている。

カレンのパパとママはカリフォルニアの大学で経済学を専攻する学生同士として知り合い、卒業とともに結婚し、同時に貿易関係の会社を立ち上げた。

仕事も軌道に乗り、順調な結婚生活3年目にカレンのお兄ちゃん、そしてその2年後にカレンが生まれた。

幸か不幸か、カレンのお兄ちゃんもカレンも東洋の血が入っているような外見ではなかったから、往々にして発生する〝ジャップいじめ〟みたいな経験を一度もすることなく、結構楽しい子供時代を過ごすことができた。

ところがカレンが16歳になった頃、日本へ移ってからが問題だった。

今までとは180度違う環境に、思春期後半のカレンは東京のハイテンションぶりに興奮した後、極度に混乱した。

それまでに年に1回の家族旅行で訪れた様々な国の中で、東京が、世界の共通言語である英語が一番通用しなかった。

インドもイタリアも香港も、都心に限ってはほぼ英語で事足りたのだ。

それが指折りの大都会東京では、ほとんどと云っていいほど英語を話す店員がどこの店にも存在しなかった。

カレンはそれにショックを受けないわけにはいかなかった。

話す言葉も看板や雑誌の文字も、テレビから流れるアナウンサーの言葉も、ラジオのディスクジョッキーも、タンポンの説明書きもすべて日本語だった。

しかし、不思議なことに言葉の端々に注意を払っていると、理解できる英単語が組み込まれていた。最初はその発見を手放しに単純に喜んでいた。その英語の一言で、すべてのセンテンスを理解できたような気になり有頂天になった。

だけど実際はカレンの推理はひとつも当たらず、ママにトランスレイトしてもらうたびにカレンは激しく落ち込んで、ダブルという自意識とは裏腹に、フレンチもジャパンも、何ひとつ知らない、言葉さえわからない事実にカレンは救いようがないほど混乱した。

そうして東京に来てから日も浅いうちにカレンの顔面からアメリカ仕込みの表情と笑顔が消えていった。

僕らは知る権利と受け継ぐ義務があった。

それを勝手に抹殺したのは僕らの先祖であり両親だった。

僕らは自分がどこからやってきた何者なのかを知らずに大きくなった。

だから自分に自信が持てずに目立たない大人しい子供になるか、常に瞳の奥に警戒心を持つような人間にならざるを得なかった。

どこにいてもルーツを知らない異邦人だった。

もしかしたら僕らはチョコを吸うよりももっと優先順位の高い事柄があるん

じゃないのか。

チョコやガンジャや幻覚をやるよりも、今の僕らがやらなくちゃならないこと、今の僕らにしかできないことがあるんじゃないのか、って気分になってきた。

僕の気持ち次第で、本当に〝どこかへ帰れる〟のかもしれない。

いつか三軒茶屋の公園で口をついて出た台詞の通り、〝そろそろ帰る〟時期なのかもしれない。

できることを無視して通り過ぎる時期はもう終わりを告げているのかもしれない。

僕はブレーキを踏みつつタイプスリーを路肩に寄せて、カレンに向かってこう云った。

「いっしょに中国とフランスへ行こうよ、もちろんカリフォルニアも」

カレンはビックリしたような表情を浮かべて、でもすぐに満面の笑みになって、

「*good idea!*」

と云った。

僕らは温かいキスをし、そしてそのまま抱き合った。

カレンは先月18歳になったばかりで、僕はあと8時間ほどで23歳になる。

日本国籍を持つ異邦人の僕らは、日本の東京で抱き合うしか手がなかった。

17

あの日の夜、僕らはミシュクでチョコを受け取って、「すぐに戻るよ」とその場のみんなに云い残して外へ出た。

雨は相変わらず降っていたけど、大分雨足も弱まっていた。

僕らは車の中でハッピーバースデーを歌い、セブンスターとチョコのジョイントを吸い、ローソンで買ったエビアンウォーターで乾杯した。

僕らは夏休みまでに少しばかりの金を用意して、まず手始めに上海へ渡ることを決めた。

カレンはベビーシッターを増やす、と云い、僕はジミヘンのアナログ版のスマッシュヒッツを売るつもりだった。


でも、世の中そんなに上手く事は運ばない。


2カ月後、カレンは渋谷にあるクラブのトイレで倒れているところを名古屋から遊びに来ていた専門学校生の女の子に発見された。

発見された時のカレンは、洗面所の床に仰向けになり、小さなハンドバッグの中身を周りに散らばらせたまま、両目をしっかり見開いていた。

名古屋の女の子は状況の把握に時間がかかったらしく、随分の間カレンの死体を眺めていた。

「だって、本当に、死んでいるようには見えなくて。なんだか雑誌のグラビアみたいだったんです」

警察の尋問に彼女はそう答えている。

「モデルさんなんだと思ったんです、何かの撮影だと思って」


まあ、当然だろう。


外傷が無く、目を開けたまま横たわるカレン。

エルメスのスカーフ、D&Gのタンクトップとスパンデックスのミニスカート。タイのパンガン島で前ちゃんが買ってきたトンボ玉のチョーカーと、アナ・スイのネックレス。

18歳の誕生日に僕が贈ったスウォッチと、ママからもらったグッチのシルバーブレスレット。そして、中東製の錫《すず》のアンクレットに牛革のサンダル。

そんな彼女を取り巻くように散らばったハンドバッグの中身は、いつものケサランパサランのコンパクトと口紅2本、タイシルクの煙草ケースと、アンティークビーズでできた小さな財布。そして吸引用のシルバーストローだった。

カレンは最期まで非現実的な美しさで発見者の彼女を魅了した。

「何かの撮影だと思った」というのは正しい感想だ。

僕にはわかる。


変死体扱いになるとかで、他殺と自殺の両方から調べられ、カレンの死体は警察管轄内のラボで隅から隅まで切り刻まれた。

結果、体内からはかなりの量のやばいヤクが検出されたけど、直接の死因は後頭部強打による脳内出血だった。


カレンは注目を集める自分の容姿を嫌悪しているところがあった。

どうしてこんなに目立つんだろう、どうしてみんなが見るんだろう。

日本語もわからず、自分のルーツも知らず、常にアシッドをやってる彼女にとって、周りからの視線はあまりにもキツイ日常だった。

薬物常用者は、それでなくても被害妄想が強い。

みんなが自分を見て笑っているような気がしたり、私服警官に付け回されたりしているような妄想に駆られ、24時間、随時極度のパラノイアに陥《おちい》っている。

でもそれは大抵がバカバカしい思い過ごしだったけれど、カレンの場合、被害妄想はともかく、本当にみんながみんな、すれ違うだけの人でさえ、彼女に注目してやまなかった。

そしてそれは、パラノイアでジャンキーで情緒不安定のカレンにとって、膨大《ぼうだい》で悲劇的なストレスだった。

彼女はそういうタイトな現実を悪態をつくことで撥ね返していたけれど、異国で生活するのに必要なタフでパワフルな精神力が、己のルーツを知らないことで十分に培《つちか》われていなかった。

だから僕も、本人さえ気づかないうちに、少しずつ少しずつアイテム摂取量が増えていったのだ。

ハッピー・アイテム、ではなくて、〝量〟を必要とするようになる頃には、正常で冷静なテイスティングが不可能になっている。

すでに、質を追求するような余裕はどこにも残っていない。

それはつまり、とんでもない粗悪品をつかまされる可能性が高くなるということだ。

警察から最初に連絡があったのは僕の携帯電話だった。

死亡推定時刻頃、カレンが僕にメール送信していたからだ。

「愛してる、愛してる、宇宙で一番愛してる。それをずっと知っていて」

僕がそのメールに気がついたのは警察からの連絡を受けてからだった。


カレンはいったい何人《なにじん》だったんだろう。

国籍は日本とアメリカを持っていた。

でも、日本に住み始めたばかりで言葉もままならず、外見は日本人とはあまりにもかけ離れていた。カレンが日本語を話そうとするたびに、周りの人間たちは持ってる全ての英単語を駆使してカレンの言語に合わせようとしてくれた。

「ブラウスの、ほかの、色は、ありますか?」

日本語で質問しても英語力の無い店員は、話せもしない英語でがんばった。
「ノーノー、ブルーオンリー。オーケー?」
だから、カレンは日本語の勉強が馬鹿馬鹿しいんだ、と云ったことがある。
話せないくせに話そうとするのよ、日本語の国なのに。
どうして?
話せないならそれでいいじゃない。
英語の通じやすい香港だって、英語の通じない店はいっぱいあるわ。
私が英語で話しかけても、彼らは決まって広東語で答えるのよ。
わかっていようと、わかるまいと、まったくお構いなし。
そのほうがこっちだって納得がいく。

英語と片言の日本語でカレンは説明した。

日本人は親切じゃない。

私の日本語に対して日本語で答えてくれないなんて、馬鹿にしてる。
私を外人だ、って排除しようとしているのよ。

バッドトリップ中のカレンは、いつも決まってこのあたりから泣き始める。
そして、あとは何を云っているのかわからなくなる。

父親の祖国であるフランスには一度も行ったことがない。
誰の祖国でもないアメリカで生まれ育ち、身内の誰の言語でもない、世界共通語の英語でしか自分を表現できなかった。

カレンはドラッグを過剰摂取することで何を表現しようとしたんだろう。
何から逃れようとしていたんだろう。
何を知りたいと思っていたんだろう。

僕はカレンの火葬の日、カレンのママに頼んでティースプーン2さじ分ほどの骨粉と、小さな骨のかけらを譲り受けた。

カレンのママは、何も云わずに僕のお願いを聞いてくれた。

僕はカレンのママをごく自然に抱きしめてさよならを云った。

「いっしょに行こうって約束してたフランスと上海にこれをまいてきます」

カレンのママはカレンと同じ目で僕を見上げて、「お願いね」と小さな声でそう云った。

カレンの外見に黄色がまったく出ていなかったわけじゃなかった。

黄色の血もその存在を悟られない程度にカレンの表面にしっかり表現されていたのだ。

18

前ちゃんは今も、無認可の彫り師としてがんばってる。

「3つ以上の文字は彫らないことにしたんだよ。また刺されちゃたまんないし」

「それなら間違いようがないよね」

「そうだよ、IBM、MAC、JAH、JAP、DVD。間違いようがないさ」

最後に会った時、やっぱり真っ赤な目をしてそう云った。

ニッキーは相変わらずケミカル中毒で、突貫工事専門の土建屋でバイトをしている。

週に一度は、どっかしらのクラブに顔を出して幻覚パーティーを楽しんでいる。

「最近のケミカルは何をやってもシャブ乗りなんだよ、みーんな速いの。メリハリがなくてつまんないよ」

それと、路駐してたバイクのミラーを盗まれた、と云ってかんかんに怒っていた。


佳郎は今のところゆりちゃんから解雇されることもなく、午前中は例の公園でママたちを相手にスケボーの妙技を披露して拍手をもらったりしている。ホームレスのあっちゃんと時々公園横の屋台のラーメンを食べたりするらしい。

「もちろんおれがごちそうするんだよ」

佳郎は見当違いなところで威張っていた。


自殺したおばあさんの家は、枇杷と杏の木もすべて根こそぎどこかへ運ばれ、広々とした空き地になっている。そのうちケチな建て売り住宅の集落になるはずだ。

大川さんは相変わらずデブでブスのままだ。

カレンの死後、彼女を知る人たちに何回も会ったのに、誰もカレンのことを聞こうとせず、誰もカレンのことを口にしなかった。

だから僕もカレンのことを口に出す機会が一度もなかった。

僕は質問されないと答えられない。

聞かれもしないことを自分から話せるような性格ではないのだ。

はやく忘れてしまいたいほど悲しい出来事じゃない、というわけでも、悲しすぎるから今は話せない、というわけでもなかった。

ただみんな自分たちの大好きなアイテムが「死」と隣り合わせだ、という事実から目をそらして怯えているだけだった。

自分のやってるのはハッピー・アイテムであって、「死」なんていうバッドは関係ないんだ、という方程式を信じて疑いたくなかっただけだ。

カレンが明るく云ってたように、僕もみんなもそれをただの〝ハッピー・アイテム〟だ、と思い込んでいたいだけだ。

そんなに深刻なことじゃないんだ、これはただの気分転換にすぎなくて、その、つまり、ちょっとした息抜きというか、暇つぶしっていうか、まあ、とにかくたいしたことじゃないんだ。

別にはまってるわけじゃないよ。


いつだって僕らはそう云って、バッドトリップから抜け出そうとジタバタする。

そうやってひとしきり騒いだ後は決まって横を向いて目をそらし、それらが通り過ぎるか、姿を消すのを、あるいは目の届かない暗い底に沈んでいくのをジッと待つ。

僕だって死んだのが誰かのガールフレンド、っていうことだったら、きっとみんなと同じような反応をしたはずだ。

ただひとりの例外はゆりちゃんだった。

「最近カレン見ないけど」

出勤間際のゆりちゃんが、ふと玄関で立ち止まってそう聞いた。

僕以外のみんなは固まって、そのまま空気が止まる。

僕は聞かれなければ答えられないけれど、聞かれれば素直に答えることができる。

だから、砕いたコークを飛ばしてしまわないように丁寧に掌で覆ってから、

「2週間前に死んだんです」と、正直に、素直に事実をそのまま簡潔に答えた。

ゆりちゃんは履きかけたパンプスを脱いでリビングに戻ってきた。

そしてガラスのテーブルにかがみ込むように座っていた僕の頭を抱え、3、4回子供をあやすようにゆっくりとやさしく揺すった。

カレンの死後、僕は初めて涙をこぼした。

もうこれ以上、散骨の時期を延ばすわけにはいかなかった。

このままいったら僕はカレンを忘れてしまうだろう。

僕はカレンを忘れたくて、忘れようとして、無我夢中だったことに気がついた。

危うく僕まで、気分転換の座席から薬物依存の座席へ乗り換えてしまうところだったのだ。


僕はジミヘンのスマッシュヒッツと、手持ちのアナログレコードと30枚ほどのCD、プレイステーション本体と、10本くらいのゲームソフトとデュアルショックを売って、セーコさんが正月になるたびに僕のお年玉を強制集金して貯めていた貯金通帳を解約した。

そして上海へ行くための格安航空チケットを買った。

手元には8万円しか残らなかったけど、まあどうにかなるだろう。

カレンのクラスメイトで一番仲の良かったジャネットは、他校のインターナショナルスクールに通うひとつ年下の中国系アメリカ人と付き合っている。

「彼、台湾人なのよ」

僕が格安航空チケットを買った店の表で偶然会ったジャネットは、嬉しそうに彼を紹介してくれた。

「明後日、上海に行くんだ」

たった今受け取ったエアチケットを見せながら僕は云った。

ジャネットは彼氏の前にもかかわらず、僕の鼻先に顔を近づけて「*Thank you*」とつぶやきながら唇にそっとキスをした。

唇が離れた時、彼女はうっすら泣いていた。

僕はカレンの薄くて小さな骨をピアス用の小さなスエードの巾着《きんちゃく》に入れ、骨粉を3つのセロファンに小分けした。

それはまるで1グラム単位で取り引きされるエンジェルダストのパッケージみたいだった。

カレンはどこが一番気に入るだろう。

もう帰らなくちゃ。

頭と心の隅に浮かんでいるこの言葉に決着がつくのか、つかないのか。

僕はどこへ帰りたいと思っているのか?

これから訪れる自分に関係のある土地から、僕は何をどんなふうに感じるんだろう。

上海を歩いたら、僕は上海人に見えるのだろうか?

飛行機の中で風に舞うカレンを想う。
風を感じるたびに僕はカレンを思い出すだろう。
そしてカレンが頬にキスするのを感じるだろう。
世界の上に変わったことはひとつもないように見える。
でもそれは僕の目にわからないだけなのかもしれない。

著者プロフィール

日向　夏子（ひゅうが　なつこ）

1967年生まれ。
ゲーム、コンピューター雑誌のライター
を経て、八重山諸島を放浪。
95年、結婚。
2000年、株式会社ガイナブロス設立。
代表取締役社長。
都内在住。2児の母。

Wuh-chan blues

2004年4月15日　初版第1刷発行

著　者　日向 夏子
発行者　瓜谷 綱延
発行所　株式会社文芸社
〒160-0022　東京都新宿区新宿1－10－1
電話　03-5369-3060（編集）
03-5369-2299（販売）

印刷所　株式会社平河工業社

ISBN4-8355-7229-7 C0093